Un ménage rouge

UN MÉNAGE ROUGE

RICHARD STE-MARIE

ALIRE

Illustration de couverture : BERNARD DUCHESNE
Photographie : FRANCINE McNICOLL

Distributeurs exclusifs :

Canada et États-Unis :
Messageries ADP
2315, rue de la Province
Longueuil (Québec) Canada
J4G 1G4
Téléphone : 450-640-1237
Télécopieur : 450-674-6237

France et autres pays :
Interforum editis
Immeuble Paryseine
3, Allée de la Seine, 94854 Ivry Cedex
Tél. : 33 (0) 4 49 59 11 56/91
Télécopieur : 33 (0) 1 49 59 11 33
Service commande France Métropolitaine
Tél. : 33 (0) 2 38 32 71 00
Télécopieur : 33 (0) 2 38 32 71 28
Service commandes Export-DOM-TOM
Télécopieur : 33 (0) 2 38 32 78 86
Internet : www.interforum.fr
Courriel : cdes-export@interforum.fr

Suisse :
Interforum editis Suisse
Case postale 69 – CH 1701 Fribourg – Suisse
Téléphone : 41 (0) 26 460 80 60
Télécopieur : 41 (0) 26 460 80 68
Internet : www.interforumsuisse.ch
Courriel : office@interforumsuisse.ch
Distributeur : OLS S.A.
Zl. 3, Corminboeuf
Case postale 1061 – CH 1701 Fribourg – Suisse
Commandes :
Tél. : 41 (0) 26 467 53 33
Télécopieur : 41 (0) 26 467 55 66
Internet : www.olf.ch
Courriel : information@olf.ch

Belgique et Luxembourg :
Interforum Benelux S.A.
Fond Jean-Pâques, 6, B-1348 Louvain-La-Neuve
Tél. : 00 32 10 42 03 20
Télécopieur : 00 32 10 41 20 24
Internet : www.interforum.be
Courriel : info@interforum.be

Pour toute information supplémentaire
LES ÉDITIONS ALIRE INC.
C. P. 67, Succ. B, Québec (Qc) Canada G1K 7A1
Tél. : 418-835-4441   Fax : 418-838-4443
Courriel : info@alire.com
Internet : www.alire.com

Les Éditions Alire inc. bénéficient des programmes d'aide à l'édition de la Société de développement des entreprises culturelles du Québec (SODEC), du Conseil des Arts du Canada (CAC) et reconnaissent l'aide financière du gouvernement du Canada par l'entremise du Fonds du Livre du Canada (FLC) pour leurs activités d'édition. Nous remercions également le gouvernement du Canada de son soutien financier pour nos activités de traduction dans le cadre du Programme national de traduction pour l'édition du livre.

Gouvernement du Québec – Programme de crédit d'impôt pour l'édition de livres – Gestion Sodec.

Dépôt légal : 1er trimestre 2013
Bibliothèque et Archives nationales du Québec
Bibliothèque et Archives Canada

À Francine

TABLE DES MATIÈRES

REPÈRES BIBLIOGRAPHIQUES

La première mouture de *Un ménage rouge* est parue en 2008 chez Stanké. La présente édition, qui propose une intrigue et un découpage profondément remaniés, en constitue la version définitive.

Tout monde réduit à l'immédiateté est une prison ; pire encore qu'une prison si on n'imagine rien en dehors de celle-ci.

Thomas De Koninck
*La Nouvelle Ignorance
et le problème de la culture*

Mon désir n'est pas de créer l'ordre, mais le désordre au contraire au sein d'un ordre absurde, ni d'apporter la liberté, mais simplement de rendre la prison visible.

Paul Claudel
Conversations dans le Loir-et-Cher

I

La chambre

Lundi 14 octobre 2002

Le cœur n'y était pas. À vrai dire, quelque chose turlupinait Vincent Morin. Une sensation. Rien de sérieux et surtout rien de justifiable. Non, simplement une intuition : ce stage à la Bourse de New York avait assez duré, il devait rentrer chez lui.

La veille, par une série de circonstances favorables, il avait rencontré tous les gens inscrits sur la liste qu'il avait établie avec ses associés de chez Lambert, Morin & Ross avant son départ de Montréal, une semaine auparavant. Vers trois heures de l'après-midi, il avait été évident qu'il serait libre de retourner à la maison après sa conférence de clôture du stage. D'ordinaire, en une telle occasion, il aurait profité de ce changement de programme inattendu pour se précipiter dès le lendemain matin chez Barnes & Noble, chez Strand ou chez Argosy et il aurait passé une bonne partie de sa journée à remplir le siège arrière de sa voiture des dernières parutions en matière de fiscalité et d'analyse boursière ou, chose beaucoup plus passionnante encore, de quelques livres d'art rares et anciens à ajouter à sa collection. Mais cette fois-ci, le cœur n'y était pas.

Vincent Morin quitta l'hôtel Edison à midi, en ce lundi du milieu d'octobre, après un petit-déjeuner tardif commandé à sa chambre. Il récupéra sa Lexus laissée au stationnement de l'hôtel, prit la direction du Lincoln Tunnel et rentra chez lui avec un jour d'avance.

Le temps était gris et venteux, mais il ne commença à pleuvoir qu'au moment où il s'engagea sur la 87, direction nord. Il plut sans interruption jusqu'à l'approche de Lacolle, où le ciel s'éclaircit quelque peu. Mais l'accalmie fut de courte durée, car juste après avoir rempli les formalités de la douane canadienne, Vincent se remit au volant dans la bourrasque et ce mauvais temps l'accompagna jusqu'à son arrivée à Rosemère. Fourbu et irrité, il gagna enfin son quartier, puis la rue Kimpton, soulagé d'en finir avec ce voyage interminable. Il avait roulé sept heures sous la pluie.

À l'approche du 982, il ralentit, contrarié de découvrir l'entrée de son garage complètement encombrée de branches qu'un orage avait arrachées aux grands tilleuls de la propriété. Il contourna, mécontent, les détritus charriés par la tempête et alla mettre sa voiture à l'abri dans l'impasse, cent mètres plus loin. La nuit approchait rapidement et l'endroit était isolé : la Lexus serait mal éclairée et peu visible de la rue. « Tant pis », dit-il tout haut. Puis il sourit en se rappelant que, comme tout le monde, les malfaiteurs étaient moins actifs par mauvais temps.

Laissant pour l'instant ses bagages dans le coffre de sa Lexus, il revint vers la maison, n'emportant avec lui que sa mallette et un pied de lampe en bronze qu'il avait acheté au début de la semaine dans un magasin de soldes de Canal Street, quand il s'était souvenu qu'il avait besoin d'une lampe dans la bibliothèque. En dénichant cette base rustique à travers un fatras de bibelots tout aussi laids qu'inutiles, il s'était promis qu'avec un peu de bricolage il en ferait une lampe très élégante, quoique assez massive. *Pour le moins, elle sera peu banale*, s'était-il dit, confiant, en examinant l'objet.

Il déverrouilla la porte d'entrée et fut surpris d'être accueilli par la musique puissante. Ce qui l'étonna, ce n'était pas qu'elle soit si bruyante, mais qu'il reconnût *What's going on*, de Marvin Gaye, disque que lui et sa femme réservaient d'habitude pour les soirs de grande baise.

Personne au rez-de-chaussée.

Il chercha à comprendre et ne sut trop à quoi s'attendre – sa femme l'avait-elle aperçu dans la rue et lui avait-elle préparé une surprise ? Intrigué, il monta vers la chambre à l'étage, en tenant toujours sa mallette et son encombrant pied de lampe, de plus en plus excité et se demandant tout de même comment elle avait pu avoir le temps de…

S'approchant de la porte entrouverte de la chambre, Vincent vit la commode en bois massif surmontée du miroir ancien aux dimensions ridicules, atteignant presque le plafond dans son large cadre doré. Il aperçut les vêtements de sa femme, jetés en désordre sur la moquette somptueuse.

Quelque chose clochait.

Vincent s'avança sans bruit dans l'embrasure. Comme un automate, il poussa lentement la porte et s'approcha du lit, mais il resta cloué sur place, complètement hébété par ce qu'il vit. Dans l'enchevêtrement inconcevable de la scène, il ne reconnut pas tout de suite le corps de sa femme, presque entièrement caché par un homme corpulent à genoux en train de la pénétrer en grognant. L'homme lui tournait le dos, emprisonné par les jambes passées sur ses épaules, de chaque côté de la tête. Chancelant, Vincent se déplaça d'un pas pour découvrir sa femme, les yeux fermés, occupée à faire jouir un deuxième partenaire haletant, installé à califourchon au-dessus de son visage.

Les gémissements de sa femme secouèrent Vincent. Il ouvrit la bouche pour crier, mais rien ne sortit de sa gorge. Il laissa seulement échapper un sanglot qui se confondit avec les râles du trio. Sa mallette lui glissa des doigts et chut sans grand bruit sur l'épaisse moquette. Seul l'homme lui tournant le dos l'entendit tomber. Il se retourna et sourit stupidement. Sans réfléchir, d'un geste mécanique, Vincent lui asséna un formidable coup de pied de lampe en plein visage. L'homme, le nez fracassé et la figure défoncée, se renversa avec un grand « ouf ! ».

Les yeux fermés, le deuxième homme n'eut pas le temps de se rendre compte de ce qui lui arrivait. Frappé rageusement à la tête, il tomba foudroyé, abandonnant sans avoir joui la femme de Vincent, complètement abasourdie, qui n'avait rien vu venir. Elle se redressa sur un coude, ouvrit les yeux, cherchant à comprendre, et regarda les deux hommes affalés de chaque côté d'elle, le plus gros l'enlaçant encore d'un bras maladroit. Elle vit le sang sur son ventre, sursauta avant de se rendre compte que ce n'était pas le sien, et ce n'est qu'à ce moment qu'elle aperçut Vincent.

Elle eut un mouvement ambigu, les bras tendus devant elle pour se protéger tandis que le reste de son corps tentait de se défaire gauchement de l'étreinte du gros homme. Vincent interpréta le geste comme une dernière caresse. Sa femme terrifiée ouvrit la bouche, mais Vincent avait déjà abattu le pied de lampe, qui lui brisa la mâchoire. Elle essaya de se libérer, mais Vincent, maintenant grimpé sur le lit, s'acharnait sur elle et sur le gros homme, les frappant à l'aveuglette de toutes ses forces. Bien longtemps après qu'ils eurent cessé de bouger, il s'arrêta enfin. Il regarda, effaré, la pisse souillant son pantalon, le sang sur ses mains et son costume, et il échappa le pied de lampe sur le tapis.

Son regard revint vers la scène. Ahuri et en sueur, il se débarrassa machinalement de sa veste poisseuse, puis, sans quitter le lit des yeux, il enleva ses chaussures et ses chaussettes, sa cravate et sa chemise maculées, son pantalon et son caleçon, en laissant glisser le tout à ses pieds.

Vincent se retourna, hagard, et fixa le grand miroir de la chambre. De l'angle où il se trouvait, le spectacle reflété lui sembla plus étrange que macabre. Vincent n'arrivait pas à distinguer les trois personnages à travers les éclaboussures rouge sang et les taches rose chair de la scène, comme si un dessinateur maladroit avait dépassé les lignes des contours des anatomies pour donner à l'ensemble une impression de toile abstraite. Sortant de sa torpeur, il finit par discerner les trois corps empilés sur le lit souillé, formant une espèce de trio comme on voit dans les peintures anciennes qui représentent ces batailles héroïques où les protagonistes ont des postures mortuaires insolites après le combat. Mais il découvrit aussi sa propre image se confondant avec le tableau général, comme s'il avait lui-même participé à cette fatale orgie monumentale, et que lui seul y avait survécu. Il fut terrifié.

La musique de Marvin Gaye s'arrêta au rez-de-chaussée. Comme s'il avait attendu ce signal, Vincent s'effondra sur la moquette, grelottant, le dos appuyé au mur, complètement hypnotisé par la scène

qu'il ne pouvait quitter des yeux. Ses mains tremblaient.

Des bulles de sang et de morve sortaient du nez
du plus petit des deux hommes. Le cœur battant à
cent cinquante, Vincent vit la poitrine du type se
soulever lentement. L'homme respirait encore.
Vincent éprouva une douleur lourde à la nuque et
son regard s'embrouilla. Il pleurait maintenant, marmonnant des insultes incohérentes à l'endroit du
trio. La rage au ventre, il tenta à maintes reprises de
se relever pour recommencer à frapper sa femme.
Mais il s'arrêta en chemin, tétanisé. Hagard. Il
désespéra en pensant à la morte. Des flashs de
moments passés avec elle lui revinrent par à-coups,
mais la blessure de la trahison était plus forte.

Quel gâchis!

Quand il fut enfin calmé, après plus de deux
heures accroupi dans cette position, il se leva, résigné.
Le petit homme ne bougeait plus. Mort, comme les
autres. Avec un bout de sa chemise demeuré intact,
Vincent tenta d'essuyer le sang qui salissait ses
mains et ses bras. Il épongea machinalement son
visage et ses cheveux, pourtant secs, puis, croyant
n'avoir plus aucune trace de sang sur lui, il sortit
de la pièce en refermant la porte.

Ce qui s'était passé dans cette chambre resterait
dans cette chambre.

Vincent prit une douche, puis descendit au salon
tout nu, frissonnant dans le noir, et, par la fenêtre
donnant sur la rue, il jeta un coup d'œil dehors.
Tout était calme. Aucun signe qu'on ait pu s'apercevoir de quoi que ce soit. Somme toute il n'avait
pas fait tant de bruit. Sa maison était assez éloignée

des habitations voisines, c'était d'ailleurs une des raisons qui l'avaient incité à l'acheter, et sa rue était loin d'être passante, surtout par un temps pareil.

Pas question d'appeler la police. Le mal était fait, dans tous les sens du mot, mais il allait s'en sortir. Il fallait trouver un plan. Il trouverait un plan. La nuit lui appartenait.

Par la porte intérieure donnant sur la cuisine, il se rendit au garage chercher des vêtements de travail, des salopettes, quelque chose, n'importe quoi pour ne pas avoir à retourner tout de suite s'habiller dans la chambre maudite.

Ce qu'il découvrit au garage le stupéfia. Une Cadillac DeVille noire. Se gardant bien d'y toucher, il la contourna, étonné, et trouva sur l'établi la chemise et la combinaison de mécanicien qu'il portait pour bricoler. Elles étaient propres et bien pliées, une attention de sa femme. Sa gorge se serra à cette pensée et il réprima un sanglot. Il s'habilla machinalement en regardant la Cadillac, complètement déconcerté par la présence incongrue du véhicule. Après un dernier coup d'œil perplexe à la voiture, il retourna à la cuisine. Malgré ses mains tremblantes, Vincent se versa un gin généreux, puis il passa à la bibliothèque pour réfléchir dans le noir. La vue de ses livres le réconforta. Le simple fait de vérifier leur existence sur les étagères, bien rangés par genre, le rassura. « Tout va bien », se persuada-t-il dans un murmure, *tout va bien, reste calme*. Mais il regarda ses mains : *si seulement je pouvais maîtriser ce tremblement !* En s'assoyant dans l'obscurité de sa bibliothèque, il se rappela qu'il avait bien besoin d'une nouvelle lampe de table. L'idée le fit pouffer de rire puis exploser nerveusement. Il se tordit, se tapa sur les cuisses et frappa la table du poing pour faire cesser ce fou rire. Puis il éclata en sanglots, partagé entre le ricanement et la honte, entre le chagrin, la peur et la rage. La chaleur du gin finit par agir et il s'apaisa finalement après quelques soubresauts d'hilarité.

À peine quelques heures plus tôt, il était un homme en paix, sans grands soucis, sans méfiance aucune et surtout sans haine. Il n'aurait jamais imaginé que sa femme avait un amant. *Des* amants. Et maintenant, il était devenu un assassin. « L'assassin au pied de lampe », dit-il tout haut avec une voix de cinéma.

Je déraille complètement.

Chez Lambert, Morin & Ross, contre les coups durs du marché boursier, Vincent Morin avait la réputation d'un vice-président qui savait se retourner rapidement et inventer une solution de rechange au lieu de s'apitoyer sur son sort et d'accuser les décisions passées. Voyant les jeunes courtiers s'arracher les cheveux et pleurnicher quand la Bourse tremblait sur ses bases, il avait souvent l'habitude de déclarer sentencieusement : « C'est dans la tempête qu'on reconnaît le bon capitaine, et c'est dans la tourmente qu'on évalue son sang-froid. » Dans la tranquillité de sa bibliothèque, il se dit que cette fois-ci la tornade l'avait pris par surprise et l'avait complètement dominé, lui faisant perdre toute maîtrise ; mais il sentait maintenant venir l'accalmie et il allait trouver un plan pour réparer ce qui lui était tombé dessus. C'était pour lui l'évidence même : sans grande surprise, son sens de l'organisation et de la méthode reprendrait le dessus. Inévitablement.

D'abord, il fallait se débarrasser des corps. Le plus tôt possible. Ensuite, effacer les traces. Il regarda l'heure à l'horloge. Minuit quinze. Il se rendit à la cuisine pour se servir un autre gin. Il n'avait pas mangé depuis le midi, à une halte routière infecte de la I-87 ; il avait faim. Il ouvrit le frigo. Mais le dégoût de ce qui s'était passé dans la chambre et l'adrénaline encore présente en lui l'empêchèrent d'avaler quoi que ce soit. Il retourna à la bibliothèque, s'installa à sa table de travail et alluma l'ordinateur pour créer un peu de lumière.

Réfléchir.

La pluie avait repris dehors et elle tambourinait sur les vitres comme une main d'enfant s'amusant à frapper à la fenêtre. Vincent sursauta.

Un plan s'élaborait. Pas question d'agir sans préparation, au risque de tout faire foirer. Le mieux serait de se débarrasser des corps durant la nuit suivante. Pas maintenant. Trouver un endroit sûr pour les jeter. Mais avant, il fallait cacher sa propre voiture pour qu'on ne découvre pas qu'il était à la maison le lundi soir.

Il but une dernière gorgée de gin et retourna au garage chercher ses chaussures de jardinage. En fouillant, il tomba sur une plaque d'immatriculation qu'il avait trouvée au début de l'été, abandonnée au bord d'un de ses chemins de campagne favoris qu'il empruntait souvent lors de randonnées pédestres dans les Basses-Laurentides. Il l'avait alors simplement ramassée et l'avait mise dans son sac à dos. De retour à la maison, il l'avait déposée distraitement sur une étagère du garage, où elle se trouvait encore. Il prit un tournevis dans le coffre à outils et emporta la plaque avec lui.

Il retourna à la bibliothèque, éteignit l'ordinateur et sortit dehors. Le ciel était toujours nuageux et la nuit était sombre. Personne en vue. Dans l'impasse, il changea la plaque d'immatriculation de sa Lexus, démarra et se dirigea vers la Place Rosemère. Il y fut en quatre minutes. Le stationnement du centre commercial servait, la nuit, aux clients des bars avoisinants désireux d'y laisser leur voiture et de rentrer chez eux en taxi après une soirée trop arrosée. Personne n'y voyait d'inconvénient : les propriétaires du centre considéraient la chose comme un service à la communauté et la police encourageait cette bonne habitude en assurant une surveillance discrète des lieux. Il y abandonna son auto parmi celles qui s'y trouvaient déjà et revint à la maison à pied, en empruntant les rues les moins fréquentées. Un individu en combinaison de travail qui retournait chez lui à une heure du matin n'éveillerait pas de soupçons : plusieurs employés d'entretien du centre terminaient à minuit. Vincent sourit en imaginant que lui, célèbre courtier en valeurs mobilières, homme connu et riche, souhaitait être confondu avec un simple travailleur.

La pluie avait finalement cessé. Le retour à la maison lui fit du bien et lui permit de mieux élaborer son plan pour se débarrasser des corps.

Une fois rentré, quinze minutes plus tard, il s'étendit sur le lit de la chambre d'amis, au rez-de-chaussée, pour réfléchir encore, mais il sombra vite dans le sommeil. Il dormit mal, car il se réveilla en sursaut à maintes reprises, en sueur et la gorge serrée. À sept heures du matin, il était déjà debout.

MARDI 15 OCTOBRE 2002

Tout son corps lui faisait mal. Les douleurs dans ses bras et ses jambes rendaient tous ses mouvements pénibles. *Comme un lendemain de première journée de ski*, pensa Vincent dans les brumes du réveil, assis à la table de la cuisine. Il se leva et prit les trois derniers comprimés de Tylenol qu'il trouva dans une armoire. Ses mains tremblaient, moins que la veille, mais quand même : il eut peine à tenir la tasse de café qu'il s'était préparée maladroitement.

Le lendemain d'une journée de meurtre…

Le souvenir de la veille le fit frissonner. Vincent pensa monter à la chambre pour voir l'état des lieux, mais il se retint. Il serait obligé d'y faire face bien assez tôt ; mieux valait qu'il y soit préparé mentalement. Mais comment se préparer à l'horreur ?

Instantanément, l'idée qu'il serait tout simplement incapable de remonter à la chambre le plongea dans une sorte d'affolement. Il se leva brusquement, retomba sur sa chaise, se releva, confus, fit quelques pas en direction de l'escalier, marmonnant pour lui-même, puis il retourna s'asseoir à la cuisine. Il joignit les mains pour les empêcher de trembler. Son esprit n'arrivait pas à garder une pensée plus que quelques secondes. Il songea à fuir. L'instant d'après, il se vit en train d'enterrer les morts. Puis il imagina la police venant l'arrêter devant les gens du bureau, réprobateurs, qui le dévisageaient. Pendant un moment, il évoqua la fuite sur une plage du Sud. Au soleil couchant. La couleur de l'astre suggérant celle du sang le fit s'effondrer. Les larmes finirent par arriver, lentement mais, une fois qu'elles furent déclenchées, Vincent ne put les retenir.

Longtemps après, Vincent sursauta en prenant conscience qu'il ne pensait à rien depuis de longues minutes. Il avait finalement repris la maîtrise de son esprit.

Il se leva machinalement et se prépara un petit-déjeuner léger qu'il avala en se dégoûtant lui-même d'être assis au rez-de-chaussée en train de bouffer tandis que trois corps avaient déjà commencé à se décomposer à l'étage. La répulsion lui donna le goût de vomir et il repoussa l'assiette devant lui. Puis, il chassa l'idée et s'obligea à manger. Il devait reprendre des forces.

Pas question que je sois aperçu en train de sortir de la maison : personne ne doit savoir que je suis rentré de New York. Je vais en finir avec mon problème. Mais seulement à la nuit tombée. Ou même plus tard.

Son petit-déjeuner terminé, il monta à la chambre, résigné. Mais devant la porte fermée, il fut saisi d'une appréhension. Qu'allait-il faire là ? Serait-il à la hauteur de la tâche qui l'attendait derrière cette porte ? Ses mains s'étaient remises à trembler. Après de longues minutes à tergiverser, Vincent tourna finalement la poignée et entra. À peine avait-il fait un pas – l'odeur de sang, d'excréments et de mort fut trop forte – qu'il regretta son geste ; il recula aussitôt et vomit sur la moquette du corridor.

La scène était abominable. Sa femme, les yeux toujours ouverts, lui souriait, la mâchoire à moitié arrachée dans une grimace monstrueuse et obscène. Le sang des uns avait coulé sur les autres et avait coagulé, de sorte que le trio livide donnait l'impression d'un seul objet, d'une seule et même sculpture hideuse. Les draps et le lit souillés de la même couleur répugnante formaient un socle théâtral à cet amas de chairs enlacées qui avaient pris une coloration irréelle, éclairées de biais par la lumière grise provenant de la fenêtre de la chambre. Un tableau de Francis Bacon devenu fou.

Vincent reprit lentement ses esprits et essaya avec un immense effort de considérer la scène comme un simple travail à accomplir. Du ménage, en quelque sorte. À l'évidence, il faudrait qu'il se débarrasse aussi des couvertures, du matelas et du tapis. Les meubles avaient été souillés. Les murs étaient également éclaboussés.

Mon Dieu ! Même le plafond !

Il savait bien, pour l'avoir vu à la télé, que les enquêteurs de la police scientifique pouvaient retrouver la moindre trace de sang, des mois, voire des années après qu'un crime avait été commis. La tâche qu'il avait à entreprendre était démesurée.

Accablé, il attrapa des vêtements propres et des chaussures dans le *walk-in* et sortit de la pièce en refermant la porte, et en prenant bien soin de vérifier qu'il n'avait pas mis les pieds dans des flaques de sang coagulé. La veille, il s'était dirigé comme un automate vers la salle de bain pour prendre une douche – nu et sec – d'après son vague souvenir, donc sans grand risque d'avoir laissé quelque trace entre la chambre et la baignoire. Mais à présent, il fallait qu'il soit prudent et qu'il contrôle le moindre de ses gestes. Il ne le savait que trop bien : chaque acte était important et un seul détail oublié, une seule opération mal accomplie ou mal planifiée pouvait le conduire directement en prison. Ces pensées le mirent en rogne contre lui-même.

« Beau salaud ! » marmonna-t-il.

J'ai assassiné la femme que j'aime, je viens de voir ce corps que j'ai tant désiré et que j'ai abîmé comme un animal et tout ce à quoi je pense, c'est de m'arranger pour en sortir indemne.

Il songea qu'il avait aussi tué deux hommes de ses propres mains et qu'il n'avait aucune autre pensée que celle de se débarrasser de leurs cadavres, comme s'il s'agissait de déchets encombrants. Ces hommes vivaient, la veille ; ils avaient sans doute une épouse et des enfants fous d'inquiétude qui les attendaient quelque part. Ils avaient un avenir. Tout s'était terminé pour eux en quelques secondes, et leur absence ne serait jamais expliquée parce qu'un sale *control-freak* réussirait à effacer la trace de leur présence sur Terre.

« Un sale *control-freak* et un *cocu*. »

Il avait prononcé ce dernier mot dans un souffle répugnant qui le saisit. Il se remémora encore une fois l'horrible scène qu'il avait découverte en entrant dans la chambre. Une partie de jambes en l'air. Sans lui. Une partouze dont il était censé n'avoir jamais connaissance. Le flic-floc écœurant des coups de bassin du gros homme, le pénis de l'autre dans la bouche de…

La douleur de la trahison de sa femme lui tomba dessus comme une chape. « Cocu », répéta-t-il faiblement en s'assoyant sur la première marche de l'escalier pour mettre de l'ordre dans tous ces sentiments contradictoires qui s'agitaient maintenant en lui. La honte était la plus forte, sans doute, plus cuisante que le remords pour ses gestes de la veille, plus angoissante que la crainte d'être pris. Il descendit, brisé, à la cuisine, hésitant entre un verre d'eau et un gin. Il regarda l'heure sur la cuisinière : huit heures du matin. *Trop tôt pour un gin*, pensa-t-il en chassant les idées noires de son cerveau. Il se rassit à sa place à table. Il devait reprendre ses esprits.

Faire disparaître les corps demeurait quand même la chose la plus logique (s'il y avait une logique dans tout ce cauchemar). Et la Cadillac aussi, cette maudite voiture.

« Pourquoi pas tout ça dans la même opération ? Asseoir les corps dans la voiture et la faire flamber dans un endroit désert ? » se demanda-t-il tout haut.

Non. La police pourrait identifier les victimes et établir le lien entre elles.

Et lui.

Nul.

Faire disparaître le propriétaire dans sa Cadillac. Les autres d'une autre façon, dans un autre lieu. Brouiller les pistes. Voilà ce qu'il fallait faire ! Mais cela exigerait du temps et de la planification. Il n'avait visiblement ni l'un ni l'autre.

« Je mets les trois cadavres dans le coffre de la Cadillac, reprit-il à voix haute, et je roule vers un endroit perdu. Je balance les deux premiers corps. Je continue dans un endroit encore plus éloigné où j'incendie la bagnole avec le troisième. »

Et je reviens comment ?

Nul.

Pas si nul si je reviens à bicyclette, se reprit-il, inspiré. *Je lave et j'enveloppe d'abord les corps ici dans la chambre. Puis, je les sors sans laisser ni sang, ni poil, ni cheveu, ni empreinte, de la chambre jusqu'à la voiture au garage. Je mets ma bicyclette sur le siège arrière…*

Petit à petit, l'élaboration du plan lui donna du courage. À plusieurs reprises, il récapitula en se félicitant tout haut des gestes qu'il prévoyait accomplir, mais en essayant aussi de se faire l'avocat du diable pour chacune de ses décisions. Il fallait qu'il réussisse. Sans bavure. Il n'y aurait pas de reprise permise. À midi, son plan était parfait. Restait à passer à l'acte. Aujourd'hui, les corps. Demain, effacer les traces du gâchis dans la chambre et celles qu'avait laissées la présence des deux hommes dans la maison.

À deux heures de l'après-midi, Vincent se dit qu'il n'avait plus le choix, il prit son courage à deux mains et sortit. Sous une petite pluie fine, couvert d'un imperméable qu'il avait rarement porté, coiffé d'un chapeau de sport, il alla calmement chercher sa bicyclette dans la remise au fond du jardin et partit en direction de la Place Rosemère en espérant que personne aux alentours ne soit à la fenêtre en train de vérifier le temps qu'il faisait à ce moment-là. Ce n'était pas le dernier risque qu'il prendrait dans les jours à venir, il en était convaincu, mais, se dit-il, *une chose à la fois, maîtrise tes nerfs et tout ira bien.*

Au centre commercial, il transféra quelques minutes plus tard ses bagages sur la banquette arrière de la Lexus, puis il rangea son vélo dans le coffre. Il emprunta ensuite la direction du Réno-Dépôt du boulevard Bouthillier. Arrivé à destination, il s'avisa

qu'il risquait trop d'y être reconnu par les commis
du magasin, si près de chez lui. Il roula donc sans
s'arrêter vers la 117, décidant impulsivement de se
rendre jusqu'au Botanix du boulevard Curé-Labelle,
à Laval. Là, toujours avec son chapeau sur la tête, il
acheta un rouleau de dix mètres de polythène
(cela lui semblait suffisant), paya comptant et sortit
rapidement du magasin, la tête basse, en essayant
d'avoir l'air d'un homme ni pressé, ni flâneur, ni
préoccupé, ni au-dessus de ses affaires, ne fixant
personne, portant souvent la main à sa bouche en
faisant mine de toussoter afin de ne pas être identifié
sur les enregistrements des caméras de surveillance
du commerce.

Il récupéra la Lexus et se rendit un peu plus loin,
autoroute Chomedey, et se procura au Réno-Dépôt
deux rouleaux de ruban gommé extrafort qu'il régla
également en argent. Il retourna à la Place Rosemère
pour y laisser sa voiture, mais par un autre itinéraire
cette fois, en prenant son temps, car il ne voulait
pas revenir à la maison avant six heures, six heures
trente, au moment où tout le monde à peu près est
rentré chez soi et occupé à souper ou à regarder les
actualités à la télévision.

Portant le rouleau de plastique serré autour de
sa taille sous l'imperméable, il extirpa sa bicyclette
du coffre de la Lexus et regagna son domicile sans
problème, espérant ne pas être reconnu. Il se félicita
de n'avoir jamais adressé la parole à quiconque
dans sa rue. À part ses voisins immédiats, bien
entendu, personne ne l'avait jamais vu de très près.
Personne ne le connaissait vraiment mais, qui sait,
il y a toujours dans chaque quartier de chaque ville
des bien-pensants qui s'intéressent à votre vie et
qui passent leur temps à écornifler derrière leurs

rideaux. Son cœur battant la chamade d'effort autant que d'inquiétude, il rangea sa bicyclette rapidement, rentra chez lui par la porte de derrière et il s'assit à la cuisine pour souffler.

Jusqu'ici, c'est pas trop mal.

Il était sept heures du soir.

Une heure plus tard, après avoir mangé un peu – pas de gin ce soir –, il alla chercher au garage la boîte de gants de chirurgien qu'il portait pour manipuler les engrais de jardinage. Il remit sa combinaison de mécanicien et monta à la chambre avec les gants, le polythène, le ruban gommé, un couteau X-acto de même qu'un seau contenant de l'eau chaude mélangée à une forte dose d'eau de Javel et des chiffons.

Dans un coin de la chambre qui avait été à peu près épargné par le carnage, après avoir enfilé les gants, il déroula le polythène sur la moquette et en découpa une surface assez grande pour envelopper le premier corps. Puis, réprimant sa répugnance, il s'empara de l'homme corpulent, qu'il dut littéralement traîner jusqu'au plastique en le tirant par une jambe. Il s'arrêta plusieurs fois pendant quelques minutes, pour essayer de maîtriser son envie de vomir. Il empaqueta soigneusement le corps après l'avoir méticuleusement lavé pour faire disparaître toute empreinte de sa femme ou de lui-même. Ces précautions étaient sans doute soit insuffisantes, soit inutiles.

« C'est mieux que rien. En tout cas, j'aurai fait ce que j'aurai pu, et c'est tout ce que je sais faire », dit-il à haute voix.

Après s'être assuré que ses semelles étaient propres, il alla chercher des draps et des couvertures dans la lingerie et en couvrit le sol, autant qu'il put, de la chambre jusqu'au garage. Il allait s'emparer du sinistre paquet pour le faire glisser sur ce tapis improvisé quand il se rendit compte qu'il ne savait pas qui était cet homme. Était-ce *lui* le propriétaire de la Cadillac DeVille ou l'autre ? Il n'y avait jamais pensé.

Une erreur comme celle-là peut te mener en prison, Vincent.

Il remarqua pour la première fois les vêtements empilés sur la chaise. Un jeans, un pantalon de sport, une veste de cuir. Les vêtements de sa femme jonchaient le sol à côté du lit. Il fouilla la veste de cuir. Des pièces de monnaie, une alliance. « Petit malin », grogna-t-il. Un porte-clés avec *Cadillac* inscrit dessus. Il le mit dans la poche de son pantalon. Dans la poche intérieure de la veste, un portefeuille. Il hésita avant de l'ouvrir : mieux valait ne rien connaître de ces types, comme ça, il ne pourrait pas s'incriminer plus tard, au cas où…

« Moins j'en saurai, mieux ça sera », se dit-il à haute voix. Retenant sa respiration, il ouvrit le portefeuille et ne regarda la photo sur le permis de conduire que le temps nécessaire pour reconnaître l'homme. Deux secondes suffirent : c'était bien lui. Le plus corpulent. Sur la photo, il paraissait plus vieux. Quarante-sept, peut-être même quarante-huit ans. Difficile à dire.

« Vieux cochon, tu dois avoir dix ans de plus que moi », soupira-t-il, surpris.

Le portefeuille contenait plusieurs centaines de dollars. Vincent hésita avant de finalement prendre le tout. Il referma l'étui prestement.

« T'en auras plus besoin, remarqua-t-il tout haut en ricanant, et ça couvrira mes dépenses », ajouta-t-il, horrifié par son humour.

Il remit le portefeuille en place, sachant que cela n'avait plus beaucoup d'importance puisqu'il se débarrasserait de tous ces vêtements plus tard.

Vincent regarda sa montre : neuf heures. Il fallait qu'il s'active un peu plus s'il voulait en finir cette nuit. Il traîna le corps du gros homme sur le revêtement de draps jusqu'au garage. La descente dura quinze longues minutes, car Vincent prit toutes les précautions pour que le « paquet » ne touche à rien d'autre qu'au tapis de fortune durant tout le trajet. Après avoir repoussé vers le fond de la malle arrière la petite valise et le sac à dos qui s'y trouvaient déjà, il déposa le cadavre avec beaucoup d'efforts dans le coffre de la Cadillac DeVille. Il but ensuite un verre d'eau froide à la cuisine, puis il remonta à la chambre, en replaçant tant bien que mal au passage les draps qui s'étaient déplacés. Les deux autres corps poseraient moins de problèmes, pensa-t-il, étant plus légers, du moins en apparence. Sa femme était la plus facile à atteindre sur le lit, mais Vincent alla d'abord prendre le deuxième type. Il tenait à garder sa femme pour la fin, par une marque de respect incongru qu'il ne s'expliqua pas. Un ultime hommage obligé. Comme pour repousser l'échéance de l'inéluctable.

Il ne se préoccupa pas plus de savoir qui était cet homme. C'était *l'autre type*. Cela suffisait. Vincent peina pour déplacer le corps en le glissant sur le lit, mais à chaque mouvement l'homme retombait inévitablement sur la femme, son bas-ventre et son pénis venant frotter sur le ventre de la femme en faisant sortir de l'air des poumons de la morte dans un souffle obscène. Vincent étouffa un sanglot, et il eut envie de tout laisser en plan pour s'enfuir. Quitter cette maison à jamais. Ne plus participer à cette farce grotesque. Il fuit dans le corridor en pleurant et mit vingt minutes à se calmer. Il n'avait pas voulu ce qui lui arrivait. Depuis la veille, il avait le sentiment de jouer un personnage dans un film d'horreur dont il ne connaissait pas le début et dont il aurait à improviser la fin.

Curieusement, malgré sa peine, la fierté de réussir cette tâche impossible lui avait chatouillé l'esprit à plusieurs reprises. C'était sans contredit la chose la plus difficile qu'il avait eu à faire dans sa vie.

Beaucoup plus délicate et beaucoup plus dangereuse que de vendre des actions en Bourse.

Parvenir à accomplir cette nouvelle besogne lui apparaissait maintenant, par un mécanisme dont il ne comprenait pas encore totalement les rouages, comme sa revanche non seulement de l'infidélité de sa femme mais aussi de toutes les misères, de tous les torts, de tous les malheurs et de toutes les humiliations qu'il avait subis depuis des années. Il sentait que cette mission, qu'il s'était pour ainsi dire imposée, par malheur et par un cruel hasard, représentait un véritable mandat inexplicable : celui de l'affranchir de tout ce qui avait constitué des entraves dans sa carrière et de le laver de tout ce qui avait été moche dans sa vie personnelle. L'indifférence des femmes, l'absence d'amitié des hommes. Sa solitude. Il s'agissait en fait d'une vengeance légitime, et cette idée nouvelle lui plaisait.

Sa semaine à l'agence de New York lui revint brutalement à l'esprit, pareille, finalement, à tous les autres stages dans le passé. Empoigne sournoise, dès le début des réunions, pour déterminer le *pecking order*, inévitable pétage de bretelles, au propre comme au figuré – Vincent se demandait toujours pourquoi les courtiers en valeurs mobilières s'entêtaient à porter des bretelles *et* des ceintures, comme s'ils ne faisaient confiance ni aux unes ni aux autres. *Un trait de notre profession, sans doute*, avait-il fini par conclure.

À trente-cinq ans, il était le plus âgé des participants au stage de New York. Comme d'habitude, ses communications avaient été écoutées avec respect. Ses analyses étaient souvent citées en exemple dans les séminaires de professionnels, dont les organisateurs avaient rapidement compris qu'il suffisait de mentionner « Vous savez, Vincent Morin participe au séminaire ! » pour que les courtiers s'inscrivent immédiatement. Mais s'il jouissait d'une grande considération dans le métier, il ne connaissait pas de véritable amitié auprès de ses associés de chez Lambert, Morin & Ross, ni des autres maisons de courtage. Vincent Morin était un solitaire qui ne participait pas aux activités mondaines des rencontres annuelles, aux tournois de golf, aux soupers-bénéfice ou aux beuveries dans les bars branchés. On ne l'invitait plus. On savait, et d'ailleurs on s'en moquait, que Vincent préférait rentrer seul à l'hôtel et lire.

La veille du départ, en guise de soirée d'adieu – il y avait trois ou quatre de ces soirées d'adieu annuelles –, tous s'étaient retrouvés dans la suite d'un des stagiaires. À l'étonnement de ses collègues, Vincent y était allé. Par un élan subit de courtoisie, sans doute, mais surtout parce que la suite n'était qu'à quelques pas de la sienne. Il y avait découvert un bar plus que garni, vodka à soixante dollars la bouteille, portos de prestige, et quelques jeunes femmes à la disposition de tous. Il avait bu une bière et était retourné à sa chambre.

En vérité, il avait fui. Ces filles tentantes et disponibles l'avaient troublé. Il se l'avouait maintenant, elles l'avaient un peu effrayé. Devant ses collègues, il avait fait le fanfaron : « Je suis au-dessus de cela », mais secrètement, il avait été intimidé. Plein de désirs mais paralysé. Il avait eu honte de son impuissance à prendre l'initiative pourtant si facile : ces femmes étaient littéralement offertes. Et pour qui s'était-il pris, encore une fois, pour les juger ? L'une d'entre elles n'avait pas été dupe et lui avait lancé un regard comme celui que lui lançaient à son adolescence les filles de son âge, langoureuses et ricanantes : « Petit garçon à sa maman, retourne dans les jupes de ta mère ! » Les autres l'avaient regardé avec l'air mortifié de celles que l'on méprise.

Je n'ai jamais eu de succès avec les femmes. Elles ne me désirent pas. Jamais eu de courage, non plus. Même pas avec la mienne.

Mais son mariage était maintenant une boîte de souvenirs douloureux qu'il tentait de refermer.

Il retourna à la chambre, plus déterminé que jamais à en finir. Il mit à peine quinze minutes à préparer et à descendre le deuxième corps au garage. Puis vint le moment le plus déchirant et, tandis qu'il contemplait sa femme pour la dernière fois, il regretta d'avoir abîmé ce corps qu'il avait tant aimé caresser. L'odeur de l'eau de Javel qui flottait dans la chambre et qui lui rappelait étrangement celle du sperme fit remonter en lui des instants de plaisir et de bonheur. Des souvenirs de tendresse lui revinrent, de dîners et de voyages, de discussions et de rêveries à deux. Mais c'était avant que tout se gâte. Et à vrai dire, tout était déjà gâché bien avant ce lundi.

Quelle était la part de responsabilité qui lui incombait dans l'échec de leur mariage ? Enfin, échec était peut-être un mot un peu fort dans son esprit. Le terme tiédeur, pour qualifier leur relation, convenait sans doute davantage.

Il travaillait beaucoup, c'est vrai. Mais tout le monde travaille beaucoup dans ce métier difficile. Et rien n'est jamais gagné d'avance. D'une année à l'autre, ses revenus fluctuaient comme la Bourse elle-même.

Était-il assez attentionné envers elle ? Comment savoir ? Ils prenaient des vacances luxueuses, ensemble, chaque année et les cadeaux qu'il lui offrait à son anniversaire et à Noël étaient souvent déraisonnables. Enfin, leur coût était exorbitant.

Se confiait-il à elle autant qu'au début de leur relation ? Il n'en savait rien. Quand avaient-ils parlé d'amour pour la dernière fois ?

Il termina son travail de nettoyage en sanglotant comme un enfant. Au moment de refermer le polythène sur le corps, Vincent eut envie de toucher une dernière fois les cheveux de sa femme dans un mouvement d'affection ultime, mais avant même que ses doigts n'atteignent la chevelure il se figea sur place quand retentit la sonnerie du téléphone.

Quelle heure était-il ? Il regarda sa montre : dix heures douze du soir. Il se rendit compte que, depuis plus de vingt-quatre heures, il vivait dans un monde de silence. Pas de musique, pas de radio, à peine avait-il adressé trois mots aux vendeurs dans l'après-midi.

Le téléphone sonnait toujours. Après quatre coups, le service de messagerie automatique prit le relais.

« C'est fini », dit-il à sa femme, et il referma le plastique avec du ruban gommé. Il descendit le cadavre au garage en essayant d'oublier le *ploc* écœurant de la tête frappant chacune des marches de l'escalier. Il disposa tant bien que mal le corps de son épouse sur les deux autres et ferma le coffre de l'auto.

« C'est fini. »

À la cuisine, il se permit un gin, qu'il but presque d'un trait. Il hésita puis s'en servit un autre et s'assit à la table pour réfléchir à la suite des événements.

Tout compte fait, espérer que les corps ne soient jamais découverts tenait de l'idéal. Toutes les émissions de police scientifique à la télé démontraient que, tôt ou tard, on retrouvait les cadavres, et quel que soit l'état dans lequel ils étaient, on finissait toujours par les identifier. De là à établir le lien…

Peut-être était-il plus prudent d'élaborer un plan qui fonctionnerait même si *justement* on tombait sur les dépouilles et qu'on percevait ce rapport entre elles. Vincent commença à s'exciter en y réfléchissant. Son esprit s'échauffa. Il eut envie d'un troisième gin, mais sa raison le rappela à l'ordre et il se servit plutôt un verre de jus d'orange, qu'il prit avec quelques biscuits.

Pour la millième fois, Vincent commença à élaborer un nouveau scénario en espérant y mettre la touche finale : le gros et l'autre type partent en voiture avec sa femme. Si on découvre qu'ils se sont rencontrés dans un bar ou quelque endroit public, qu'ils soient partis ensemble et qu'on les retrouve morts ensemble tombera dans la logique des choses. Ou peut-être apprendra-t-on qu'ils se connaissaient déjà, ce qui revenait au même. Si la Cadillac était au garage, c'est bien parce qu'ils avaient voulu cacher le fait qu'ils étaient là ce soir-là. Pour s'assurer qu'aucun voisin ne les voie entrer, ou simplement à cause de la pluie, ils sont passés directement du garage à la maison par la cuisine. Ni vu ni connu.

Dès le lendemain, toutes les traces de leur séjour seraient effacées : ils ne sont jamais venus ici.

« Vous n'avez jamais pensé avoir autant raison », dit Vincent tout haut en ricanant. Il poursuivit son scénario.

Ils se retrouvent tous les trois dans la Cadillac. Ils partent à la campagne dans un endroit isolé pour baiser. Arrivés à destination, ils se déshabillent tous les trois – ils seraient découverts nus, leurs vêtements carbonisés dans la voiture –, mais les choses tournent mal : une altercation éclate et ils sortent de la bagnole. Le gros tue l'autre type et la femme, avec le pied de lampe qu'on trouvera dans la Cadillac incendiée, et s'enfuit des lieux. Il roule dans la nuit jusqu'à ce qu'il s'arrête, rongé par le remords ou la folie, et qu'il s'immole dans son auto.

La beauté de ce scénario, se félicita Vincent, c'est qu'il expliquait la raison de la disparition des trois personnes si la police venait à les découvrir. On comprendrait sans équivoque la nature de leurs rapports et la cause probable de leur mort. Le mobile, l'opportunité et le coupable. Heureusement décédé. Aucun lien direct avec Vincent Morin. Affaire classée.

Mais la faiblesse du plan lui sautait évidemment aux yeux. Il n'aurait jamais dû laver les cadavres, surtout ceux de sa femme et de l'autre type, qui ne seraient pas brûlés. Des corps nus abandonnés dans la nature, vidés de leur sang, sans aucune trace de combat, tout cela était invraisemblable. Cependant il pleuvait, et avec un peu de chance il pleuvrait encore quelques jours. La pluie finirait le travail de nettoyage commencé. *Enfin, c'est un risque à courir*, pensa-t-il, d'autant plus qu'on pourrait ne découvrir les morts que plus tard. Bien plus tard. Avec beaucoup de chance, jamais. Et, bien sûr, rien n'expliquerait non plus le crâne fracassé dans la voiture incendiée. *Le plan infaillible n'existe pas*, finit par conclure Vincent, résigné.

Autre problème : il faudrait qu'il revienne à vélo, ce qui prendrait beaucoup de temps, et il risquait d'être vu à proximité des lieux où les corps seraient abandonnés. Non, les scénarios parfaits n'existaient pas.

Onze heures trente. *Trop tôt pour commencer quoi que ce soit*, pensa Vincent. Il sortirait de la maison vers deux heures du matin, quand il serait certain que tout le voisinage était bien endormi.

Vincent savait où il déposerait les dépouilles et où il incendierait la Cadillac. Il connaissait ces endroits depuis longtemps. Le premier était un petit enclos isolé dans le nord de Montréal que sa femme et lui fréquentaient justement pour aller faire l'amour dans la nature au début de leur fréquentation. Quelle ironie ! Le deuxième, cinquante kilomètres plus au nord de cette clairière, était une ancienne usine datant du siècle dernier, entourée de quelques bâtiments en ruine, abandonnée depuis des lustres, sans aucun attrait touristique, loin des pistes cyclables et des sentiers de randonnée pédestre. Pas de lac ou de rivière à proximité qui aurait pu intéresser des pêcheurs. Sa femme et lui avaient déniché le site par hasard en se trompant de chemin, sept ou huit ans plus tôt, à la recherche d'un chalet à louer qu'ils n'avaient d'ailleurs jamais pu trouver. Bienheureux l'imbécile qui avait eu l'idée de construire une telle usine à cet endroit.

MERCREDI 16 OCTOBRE 2002

Un peu avant deux heures du matin, Vincent quitta la maison discrètement. Il mit sa bicyclette sur la banquette arrière de la Cadillac. Il n'avait surtout pas l'intention d'ouvrir le coffre avant d'être arrivé à destination. C'est pourquoi il avait déposé un bidon rempli d'essence, adossé au siège du passager. Les vêtements de sa femme et des deux types se trouvaient dans un sac à ordures derrière lui. Dans un autre sac, le pied de lampe ensanglanté. Vincent portait un ensemble de jogging et des gants de chirurgien. Il avait aussi apporté ses gants et son casque de vélo, en plus d'un imperméable en plastique, pour son retour à bicyclette. Il déplaça les branches qui encombraient toujours l'entrée du garage, sortit la Cadillac DeVille et remit les branches en place.

Il prit l'autoroute, direction 15 Nord, en s'assurant de ne pas dépasser la limite de vitesse. De toute façon, il y avait peu de circulation en cette nuit de mardi à mercredi, il pleuvait abondamment maintenant et Vincent ne rencontra pas de voiture de patrouille.

La chance est de mon côté, se dit-il, *espérons que ça dure.*

Il sortit de l'autoroute et s'engagea dans une petite route de campagne plus ou moins abandonnée depuis quelques années et qui ne servait en fait qu'à de rares promeneurs du dimanche. En moins de vingt minutes, il était arrivé à sa première destination. Après avoir quitté l'asphalte, il emprunta un chemin de terre plus étroit conduisant à la clairière, trois cents mètres plus loin, là où il laisserait les corps. Vincent arrêta le moteur et attendit quinze minutes avant de bouger. Question de laisser son cœur retrouver un rythme normal et de s'assurer que l'endroit était bien désert. Avec la pluie qui ne cessait de tomber, il était évident que personne ne pouvait raisonnablement traîner sur les lieux à cette heure de la nuit. Mais qui sait?

À quelques reprises, l'auto avait glissé dans le sentier boueux, ce qui le fit se questionner: les traces des pneus dans la terre mouillée poseraient-elles problème? Sans doute pas, mais il songea subitement que ses propres empreintes de chaussures sur les lieux risqueraient, elles, de le trahir. Les marques du passage d'une personne supplémentaire! Après quelques minutes à réfléchir à la chose, le cœur battant et se maudissant de n'avoir pas prévu cette complication, il imagina que le gros homme avait rejoint les deux autres sur la banquette arrière sans sortir du véhicule, après tout il pleuvait la veille, puis tout avait mal tourné. Les meurtres avaient eu lieu dans la voiture même. Le gros avait ensuite éjecté les corps par les portières arrière. Cela expliquerait l'absence de traces de pas. Vincent se félicita de sa perspicacité et regretta que son œuvre soit condamnée à demeurer secrète. Il ricana pour lui-même.

Il retourna à la route asphaltée, toujours déserte et qui le resterait, souhaitait-il. Il descendit de la

Cadillac sur l'asphalte, ouvrit rapidement le coffre et transporta avec grande difficulté le corps de sa femme puis celui de l'autre type sur le siège arrière de la voiture, les jetant de travers par-dessus la bicyclette. Une fois à la clairière, après avoir saisi dans sa poche l'X-acto qu'il avait apporté, il se retourna, à genoux sur la console centrale entre le siège du conducteur et celui du passager, et il déballa les « paquets » un à un. L'exercice n'était pas facile dans un espace si réduit, encombré par la présence des deux cadavres et du vélo.

Le gros, lui, n'avait pas ce maudit bicycle dans les jambes!

À cette pensée, Vincent ricana à nouveau, mais son rire vira rapidement au hoquet : *je suis en train de devenir fou.* Il savait qu'il avait ricané à plusieurs reprises depuis la veille ; il s'était carrément esclaffé alors que son angoisse se transformait parfois en une sorte d'excitation hallucinée. Il eut peur.

Je suis rendu complètement maboul! C'est ce qui est en train de m'arriver. Et ce n'est que le commencement…

Vincent reprit son travail, malgré l'effroi qui lui était tombé dessus. Limité dans ses gestes, il se retrouva haletant et en sueur. Il ne fallait surtout pas couper la chair de ses victimes avec l'X-acto, et l'ouvrage délicat et épuisant lui prit près d'une heure. À la fin, il se résigna à rejoindre les corps nus à l'arrière de la voiture, comme l'aurait fait le gros homme. Il ouvrit les portières de l'intérieur et poussa les corps dehors, de chaque côté, l'un après l'autre. Il referma ensuite les portières et contempla le résultat à travers les fenêtres.

« Impeccable ! »

Le son de sa propre voix dans l'habitacle le fit sursauter. Soucieux, il quitta les lieux. Avait-il oublié quelque chose ? Il ne le saurait jamais. Il était trois heures trente-cinq du matin.

Reprenant l'autoroute, il se dirigea vers sa deuxième destination. Peu à peu, Vincent se détendit. Excité par la facilité relative de l'expédition jusque-là, il se surprit à tambouriner sur le volant en chantonnant. Il se congratula à haute voix. Il jubilait. Il se sentait libéré. Partiellement, du moins. Il songea un instant à allumer la radio de l'auto mais y renonça, car il avait encore à réfléchir à la suite des événements et il pensa que la musique nuirait à sa concentration. La pluie continuait de tomber, par ailleurs, ce dont il se réjouissait.

Fasse le ciel qu'il pleuve pendant une semaine et que personne ne retrouve les corps avant…

« Ou jamais », ajouta-t-il à haute voix.

Ou jamais.

Une heure plus tard, il repéra assez facilement le sentier cabossé qui menait à l'ancienne usine. Heureusement que lui et sa femme avaient eu un coup de cœur pour la désolation romantique de l'emplacement, et son mystère, au point d'y retourner au moins une fois chaque année. Il s'agissait en fait d'un pèlerinage, car, envoûtés par la beauté du bâtiment vétuste, de ses poutres énormes, et par la qualité de sa construction, ils aimaient y passer des heures à discuter de choses intimes. Sans se l'avouer ouvertement, ils avaient en quelque sorte choisi ce site pour dresser une espèce de bilan annuel de leur relation. Ils s'assoyaient par terre, au centre du grand espace, souvent avec un pique-nique, et parlaient des heures durant. De plans d'avenir, de la maison, mais surtout de leurs amours, de leurs rêves, parfois de leurs fantasmes. Ils avaient même déjà fait l'amour à même le sol avec une passion que la beauté du lieu avait tout à coup fait renaître. Curieusement, cette année, ils n'y étaient pas allés.

La dernière fois qu'ils s'étaient rendus à « leur usine », comme ils l'appelaient, il s'était mis à pleuvoir et ils avaient garé la Lexus à l'intérieur, en passant par l'immense porte défoncée par le mauvais temps ou quelques délinquants de passage.

Vincent eut un sanglot, un court moment de désespoir, en se remémorant ces souvenirs. Il pénétra en voiture dans l'usine déserte et s'arrêta au centre du grand espace, en laissant les clés sur le contact. Là, il s'abandonna carrément à sa peine.

« Pardon, dit-il en pleurant, j'ai bien peur de profaner cet endroit à tout jamais. »

Il pleura sur son chagrin, sur sa relation, sur la perte de cette femme qu'il avait aimée jusqu'à l'avant-veille. Et qu'il aimait encore. Comment en étaient-ils arrivés là ? De façon inexplicable, il se sentait responsable de l'horrible scène d'adultère qu'il avait surprise en rentrant chez lui. Coupable de ce qui avait précédé ce moment. Le mal avait commencé bien avant cette soirée.

Peu à peu, il reprit ses esprits, chassa ces idées sombres et consulta sa montre : quatre heures quarante.

Vincent descendit de la voiture et sortit sa bicyclette, qu'il rangea un peu plus loin, à l'écart. Puis, après avoir ouvert le coffre, il dégagea le gros homme de son sinistre emballage à l'aide de l'X-acto. Vincent l'installa ensuite au volant, dans une pose à peu près convaincante, compte tenu de l'état du cadavre. La vue du visage le fit sursauter de peur et de dégoût. Ce crâne défoncé ne s'expliquerait d'aucune façon, mais il laissa le corps ainsi en se souvenant d'un documentaire de la télévision qui montrait des cérémonies de crémation hindoues au cours desquelles les crânes bouillants des défunts explosaient par l'intensité des bûchers.

« Il faut avoir la foi », railla-t-il.

Il sortit les vêtements du sac à ordures et les jeta en arrière, et par terre en avant, dans un désordre étudié. Sans doute des efforts inutiles. Il entassa dans le coffre de la Cadillac les emballages de polythène et les sacs de plastique en pensant à bien les arroser d'essence pour qu'ils disparaissent dans l'incendie. Il déposa le pied de lampe sur le siège du passager, arrosa l'intérieur du coffre, les banquettes de la voiture et le cadavre, et plaça la poignée du bidon d'essence dans la main droite du gros homme.

Il évalua le tout et se sentit satisfait. Il alla porter sa bicyclette à la porte d'entrée de l'usine et revint vers la Cadillac DeVille en examinant le sol pour voir s'il y avait laissé des traces avec ses chaussures de sport.

De toute façon, je m'en débarrasserai en arrivant à Rosemère.

Il fit démarrer la voiture, entrouvrit la fenêtre du conducteur et referma la portière. Par l'ouverture, il jeta un carton d'allumettes allumé et courut se mettre à l'abri. Avant même qu'il n'atteigne le seuil de la porte, le véhicule explosa dans un grand wouf. Les vitres éclatèrent. Vincent trépigna quand il vit les sièges en feu, le corps du mort se tordant comme diable en enfer.

« Brûle ! Brûle donc ! » hurla-t-il.

Bientôt, le réservoir d'essence de l'auto s'ajouterait à l'incendie. Il resta dans l'embrasure de la porte pour vérifier le résultat et ses espoirs furent comblés quand les flammes atteignirent le plafond de bois, qui commença rapidement à calciner. D'ici quelques minutes, la voiture serait complètement recouverte de débris brûlants, et toutes les traces de son crime seraient effacées. On ne découvrirait que bien plus tard, peut-être jamais, la cause de cet incendie.

C'était fini. Dans deux heures, le jour allait se lever sur cette matinée d'octobre.

Il pleuvait toujours. Vincent mit son imperméable, enfourcha sa bicyclette et prit la direction de Rosemère. Sur le chemin du retour, personne ne s'inquiéta de ce personnage anonyme, casqué et complètement caché par un imper de plastique, qui luttait contre la pluie sur son vélo. À peine quelques travailleurs se rendant à l'ouvrage à cette heure matinale, encore à moitié endormis au volant de leur voiture, se moquèrent de cet imbécile qui s'entêtait à circuler affublé de la sorte par un temps pareil. La route était longue, mais Vincent se sentait bien. Plus de quatre heures plus tard, il arriva enfin au centre commercial, à l'endroit où se trouvaient les conteneurs de déchets, entre Sears et Best Buy. Il avait remarqué le camion de ramassage d'ordures qui approchait dans cette direction sur le boulevard Curé-Labelle, ce qui lui donna une idée. Vérifiant que personne ne rôdait, il prit sa bicyclette, son imperméable, ses gants et son casque de vélo et les jeta dans un conteneur, les couvrit de quelques détritus et, retournant vers le parking, il se dirigea lentement vers sa voiture. Il s'assit au volant, enleva ses espadrilles, démarra et refit le tour du centre commercial pour attendre le poids lourd à distance. Il le vit apparaître et bifurquer vers l'arrière, puis il regarda le conducteur vider méthodiquement les conteneurs un à un. Le camion repartit. Vincent reprit son chemin. Faisant un détour par le pont Marius-Dufresne, il lança une à une ses chaussures de sport dans les eaux sales de la rivière des Mille Îles. Il arriva chez lui, dégagea les branches de l'entrée asphaltée, ouvrit la porte du garage à l'aide de sa télécommande et fit entrer sa voiture. La porte se referma. Il enleva ses vêtements, qu'il jeta dans la poubelle du garage. Exténué, il regarda sa montre : elle indiquait neuf heures cinquante.

Depuis trente-six heures, Vincent Morin vivait dans un véritable monde parallèle. Il se sentait vidé par trop d'émotions fortes et trop de stress, en plus des efforts physiques excessifs dont il n'avait pas du tout l'habitude. Il n'était après tout qu'un courtier comme tant d'autres, accoutumé au confort et à la mollesse… et à quelques exercices cardiovasculaires intermittents accomplis sans grande conviction. Il avait une vie professionnelle absolument trépidante, certes, mais exempte de défis athlétiques. Une vie assise, en quelque sorte.

Jamais, dans son travail, on n'avait eu à lui reprocher la moindre faute professionnelle, le moindre conflit interpersonnel. Bien au contraire, il était considéré comme un être affable et extrêmement consciencieux. Vincent Morin était quelqu'un de bien. Un homme que l'on n'aimait pas particulièrement mais qu'on respectait et dont on appréciait le professionnalisme. Son couple allait bien, pour le peu qu'on en savait, car Vincent était tout à fait secret quant à sa vie privée. Plusieurs de ses collègues ignoraient même qu'il était marié. Il aurait sans doute beaucoup de chemin à parcourir avant de comprendre ce qui s'était passé – ou ce qui ne s'était pas passé – dans son ménage pour aboutir à ce funeste lundi soir. Jamais il n'aurait cru lui-même, juste trois jours plus tôt alors qu'il regardait pour la énième fois *Out of Africa* à la télé dans sa chambre de l'hôtel Edison, jamais il n'aurait pu seulement imaginer qu'il deviendrait en si peu de temps un assassin, et qui plus est un assassin efficace.

Qui d'autre, dans son entourage, en viendrait à supposer une chose pareille ?

Il connaissait maintenant des émotions qu'il n'avait jamais ressenties auparavant. Une colère sans borne mêlée d'angoisse ; de la haine et de l'humiliation ; un instinct de vengeance et de rage mélangé à de la honte. Combiné à l'émoi provoqué par ses gestes criminels et à la peur d'être découvert, ce bouillonnement contradictoire le plongeait dans un vertige épuisant de culpabilité et de désarroi. Ses mains tremblaient sans cesse. Il ressentait une oppression qui ne le quittait pas et une nausée persistante qui commençait à peine à se dissiper. Paradoxalement, dans une espèce de délire maniaque, il éprouvait la sensation de plus en plus nette d'avoir accompli une tâche difficile, et ce sentiment n'allait pas sans s'accompagner d'une fierté indéfinissable. Il se retrouvait en sécurité, maintenant, à l'abri dans le château fort de son foyer, délivré de la présence des trois corps. Avec du travail, beaucoup de travail, et avec un tout petit peu de chance, d'ici quelques jours toutes les traces de son crime seraient finalement détruites.

C'est à cela que songeait Vincent Morin, assis dans la pénombre de sa cuisine à dix heures du matin, sur le point d'aller se coucher, quand le téléphone se mit à sonner. Perdu dans le labyrinthe de ses pensées, sans réfléchir, il décrocha.

« Vincent ? C'est toi ? Tu as un problème ? Nous t'attendons pour la réunion hebdomadaire de neuf heures trente ! »

La tuile.

Ross, son associé. Simon Ross, le président-directeur général de la firme. Comment Vincent avait-il pu ne pas prévoir cet appel ? Oublier cette réunion : mais à quoi avait-il songé tout ce temps ?

« … Euh, Simon, quelle heure est-il ? demanda Vincent, pris au dépourvu.

— Passé dix heures. Ça va, Vincent ? Tu sembles pas bien en forme…

— Ouais… en fait… je… j'ai… un contretemps…

— Rien de grave ?

— Euh… enfin, non, pas vraiment… de la mortalité… euh… dans ma famille… »

Nul.

« Ah…

— Du côté de ma femme… »

Nul.

« Et comment France prend-elle ça ?

— France ?

— Oui, France, comment va-t-elle ?

— France… Bien… Elle va bien.

— Ah, bon. Tant mieux. Écoute, tu nous feras ton compte-rendu de New York plus tard… Pas bien grave, tu sais.

— Oui… Écoute, Simon, je prends le reste de la semaine, OK ? Tu confies mes dossiers à Jeff. Je serai au bureau lundi. Ça va ?

— Pas de problème, prends le temps qu'il faut. À lundi. Mes condoléances à France.

— Merci. »

Vincent raccrocha.

Nul. Nul. Nul à chier !

De la mortalité dans ma famille ! Du côté de ma femme ! Autant lui dire : j'ai assassiné ma femme et ses deux amants !

Nul.

Dans l'aveuglement de l'action, il avait réglé à en devenir fou tout ce qu'il fallait faire, mais jamais il n'avait prévu ce qu'il fallait dire. Tout ça pourrait être vérifié, serait vérifié. Quelle gaffe ! Il devait user de prudence. Déjà, on pourrait découvrir facilement qu'il avait terminé tôt le dimanche à New York. Qu'il avait quitté l'Edison le lundi midi. Et qu'avait-il fait de son mardi ?

Nul.

Con ! Con ! Pauvre con ! Je déraille complètement !

Vincent s'agita dans la maison, bouscula les objets et les meubles comme s'ils étaient responsables de sa propre stupidité. Il se calma enfin à la bibliothèque, seul endroit où il semblait trouver un certain apaisement.

« Je vais me coucher », annonça-t-il, défait, à la maison déserte.

Vincent s'endormit dans la chambre d'amis.

◆

Raymond Mazerolle sortit du restaurant et prit la direction ouest dans Court Street vers le Rochester Police Department. Il se félicita d'être venu dîner à pied ; il faisait exceptionnellement beau en ce mercredi 16 octobre et le détective pensa que quelques pas lui feraient du bien après le lunch qu'il venait de s'offrir. Ce midi-là, le menu ne comportait pas la fameuse soupe au fromage et à la bière et Maze-rolle s'était rabattu sur une assiette garnie de neuf côtes levées nappées de la célèbre sauce glacée qui avait fait, elle aussi, la réputation de cette chaîne à Syracuse, à Harlem et à Troy.

Située à cinq minutes de marche du RPD de l'autre côté de la rivière Genesee, dans une ancienne usine municipale de pompage des eaux, la franchise de Rochester du Dinosaur Bar-B-Que était fréquentée par de nombreux policiers de même que par une foule de *bikers* qui y faisaient un arrêt obligatoire depuis sa fondation. Malgré la présence de ces motards hirsutes et bruyants dans le stationnement et autour de l'établissement, la clientèle du resto demeurait à l'intérieur toute familiale et paisible. Les vendredis et samedis, à partir de dix heures du soir, l'endroit se transformait cependant en salle de spectacle ronflante et rugissante. Raymond Mazerolle pouvait à ce moment participer, d'une manière très différente de celle du policier qu'il était devenu depuis maintenant plus de quinze ans, à la culture américaine à son meilleur, puisqu'on y présentait des groupes tels Joe Beard et son Mississippi blues, ou Teagan & the Tweeds, au rock classique, ou The John Cole Blues Band, qui, bien que de Rochester, jouait du blues typique de l'Alabama.

Juste de l'autre côté du pont de Court Street, arrivé à l'embranchement du sentier piétonnier de la Genesee Riverway Trail, le détective se demanda s'il ne terminerait pas son heure de lunch par une promenade le long de la rivière. Mais il s'arrêta quand son téléphone cellulaire vibra à sa hanche. Il ouvrit la connexion.

« Ray, nous avons un 10-57.

— Mâle ou femelle ?

— Mâle. Samuel Readman. Quarante-deux ans. Travaille chez Bausch & Lomb, ici à Rochester. Pas revenu de son congrès de Montréal, Canada. Sa femme vient d'appeler : elle est sans nouvelles de son mari depuis dimanche soir. Il devait rentrer hier, mardi, au milieu de l'après-midi.

— J'arrive…

— Non, attends… Où es-tu ?

— Dans Court, vis-à-vis de la Trail.

— Ne bouge pas. Je te prends en passant avec le *cruiser*, nous avons rendez-vous au siège social de la Bausch & Lomb. L'épouse travaille là aussi. »

Cinq minutes plus tard, le détective Raymond Mazerolle et son adjoint Peter Short entraient dans le bureau de Maud Readman, directrice de production à B & L. Trop maquillée au goût de Mazerolle pour une heure si hâtive de la journée, la dame était vêtue d'un tailleur bleu foncé d'une grande qualité. Ses cheveux blonds étaient bien coiffés. Le regard clair. Accompagnée d'un des patrons, Livio Sanzio, vice-président aux ressources humaines, elle regardait les policiers s'approcher, par-dessus ses lunettes de lecture posées sur le bout de son nez. Mazerolle se demanda si ces verres étaient nécessaires ou purement décoratifs.

Elle travaille pour un des plus importants fabricants de verres de contact au monde et elle porte des lunettes ?!

D'un geste délicat, Maud Readman se retourna sur son siège et baissa le son de la radio qui jouait un air doucereux.

Après les présentations d'usage, les policiers furent invités à s'asseoir, mais ils préférèrent rester debout. C'était la procédure à laquelle tous les deux obéissaient depuis qu'ils travaillaient ensemble.

Au cours d'un interrogatoire ou d'une simple rencontre comme celle-ci pour enregistrer la plainte d'un citoyen, s'asseoir constituait une tactique ayant pour but de changer le climat de l'entretien, de faire momentanément diversion, ou de manifester que les enquêteurs étaient arrivés à une nouvelle phase de leur investigation. Malgré la mauvaise première impression que la plaignante avait faite sur eux, les policiers n'en étaient pas là. Mazerolle posa les questions tandis que Peter Short prenait des notes.

« Quand votre mari vous a-t-il contactée pour la dernière fois, madame Readman ?

— Dimanche soir, vers onze heures, de la chambre de son hôtel.

— Qui est ?

— L'Hôtel des Gouverneurs, Place Dupuis, à Montréal, Québec. »

Elle avait prononcé *Québec* sans accent, non pas comme tous ses concitoyens qui disent *Qway-bec*. Mazerolle le nota mentalement.

« Vous avez le numéro de sa chambre ?

— 1712.

— Que vous a-t-il dit ?

— Il m'a dit que le congrès s'était bien déroulé. Qu'il était fatigué. Qu'il avait des rendez-vous privés le lendemain lundi et qu'il rentrerait à la maison mardi.

— Des rendez-vous privés ? »

Livio Sanzio intervint : « C'est habituel, détective. Beaucoup de congressistes se gardent quelques heures après le congrès pour des entretiens avec d'autres participants. Pendant l'événement même, il y a trop de conférences, de séminaires et de réunions mondaines. Et on ne peut pas parler à tous ceux avec qui on a… »

Mazerolle interrompit Sanzio d'un geste poli de la main.

« Je vois. »

Se tournant vers Maud Readman, le policier lui demanda s'il était dans les habitudes de son mari de rentrer plus tard que prévu sans avertir.

« Pas du tout. Ce n'est pas dans ses habitudes non plus de ne pas m'appeler tous les jours quand il est en voyage d'affaires. Il ne m'a appelée ni lundi soir, ni mardi matin, ni aujourd'hui... »

Elle consulta sa montre. Une Piaget. Mazerolle se dit qu'elle était sûrement authentique.

« Il est déjà plus de midi... »

Le policier jeta un coup d'œil à Sanzio. L'homme lui sourit.

« Samuel... monsieur Readman était à Montréal depuis mercredi dernier, dit Sanzio. Pour le 17e Congrès annuel des opticiens d'ordonnances. C'est une réunion internationale de grande importance, et Samuel est notre meilleur représentant.

— Était-il accompagné d'autres représentants ?

— Non, pas cette fois-ci.

— Pour quelle raison ?

— C'est un congrès scientifique, non pas un congrès commercial. Samuel est un chercheur. On n'a pas besoin de représentants commerciaux au congrès de Montréal. Samuel y assiste depuis des années. Il y présente parfois des communications.

— Je vois. »

Mazerolle se retourna vers Maud Readman.

« Votre mari est-il allé à Montréal en voiture ou en avion ?

— En voiture ; tout bien considéré, c'est plus commode que l'avion avec les horaires qui ne conviennent pas tout le temps, les formalités de sécurité, les transferts, les attentes, la douane et tout ça. Vous savez, ce n'est que six heures de route d'ici à l'hôtel, de porte à porte. Samuel aime conduire et il voulait vraiment tester sa nouvelle voiture sur une grande distance. Il l'a depuis deux semaines seulement.

— Quelle sorte de voiture ?

— C'est une Saab 9-3 2002 de couleur rouge, le modèle tout électrique équipé de sièges en cuir et…

— Savez-vous quel trajet il devait emprunter pour le retour à la maison ?

— Oui, c'est compliqué, mais c'est toujours le même, dit-elle en prenant son sac posé sur une table derrière elle. J'avais prévu que vous me le demanderiez. »

Elle ouvrit le sac et prit une feuille de papier format lettre pliée en deux : l'itinéraire y était imprimé. Autoroute 20 de Montréal jusqu'à l'Ontario, puis la Transcanadienne vers la jonction de la route 137, direction USA. Readman traversait la frontière américaine au pont des Mille Îles pour se retrouver sur l'Interstate 81. Il ne passait pas par Syracuse, il bifurquait plutôt sur la NY 104, direction ouest, jusqu'à la ville de Mexico. Là, il coupait par la NY 3 pour reprendre la 104 plus loin, évitant ainsi de remonter vers Oswego et le lac Ontario. Il rejoignait la 104 à Hannibal et finissait le trajet sur l'Interstate 590 direction sud jusqu'à Brighton. Le couple y habitait une maison unifamiliale, sur Wilshire Road.

Le détective Mazerolle fit rapidement le calcul des nombreuses forces de police qu'il devrait contacter pour rechercher la Saab de Readman sur cet itinéraire compliqué, sans compter l'OPP, l'Ontario Provincial Police au Canada, et la Sûreté du Québec pour la portion québécoise du parcours. Il jeta un coup d'œil contrarié à son adjoint Short, en lui tendant la feuille de papier. Short la saisit et lui répondit d'un discret signe de tête. Il continua la rédaction de ses notes.

« Vous disiez que vous l'attendiez vers quelle heure ?

— S'il est parti tôt de Montréal, comme à son habitude, vers huit heures du matin, il aurait dû arriver au milieu de l'après-midi hier.

— Il s'arrête pour le lunch ?

— Oui, c'est souvent à Watertown. Si son passage à Watertown coïncide avec l'heure du lunch, il donne rendez-vous au Ruyi Japanese Steak House, dans Arsenal Street, à son ami Geoffrey Spence, opticien comme lui, avec qui il a fait ses études. Sinon, je ne saurais vous dire…

— Merci. Je vais vous demander de donner à mon adjoint tous les renseignements dont nous aurons besoin pour commencer nos recherches. Une photo de votre mari, récente, si possible, ainsi que les numéros de ses cartes de crédit. Le numéro de plaque d'immatriculation de la Saab. Son numéro de portable également. Donnez-lui aussi celui de votre téléphone personnel. Je veux connaître le nom de ses amis et leurs coordonnées.

— J'avais prévu que vous me demanderiez cela aussi. Voici. »

Maud Readman prit un calepin à spirale dans son sac Louis Vuitton et elle arracha les trois premières pages, qu'elle tendit à l'agent Short. Elle joignit une photocopie couleur de la page du passeport de son mari, celle qui portait sa photographie. Le policier consulta les feuillets de renseignements et sourit à la femme. Le véhicule de Readman arborait une plaque minéralogique personnalisée :

New York 289STR, pour Samuel T. Readman,
Genesee County.

« Merci, madame, tout y est, je vous laisse ma
carte, on reste en contact. »

Après avoir salué la dame, Ray Mazerolle suivit
Livio Sanzio dans son bureau et lui demanda la liste
de toutes les personnes en relation avec Readman,
à Rochester comme à Montréal.

« Je vous fais préparer ça immédiatement », dit
Sanzio en décrochant le téléphone.

Pendant que sa secrétaire s'occupait du document, Sanzio remit au policier le dépliant du
congrès de Montréal. Les numéros de téléphone et
les adresses de courriel des organisateurs y figu-
raient.

« Permettez-moi une question de routine, monsieur Sanzio : avez-vous remarqué un comportement
inhabituel de Readman avant son départ ? Ou suspect…

— Suspect ? Vous voulez dire professionnellement ?

— Professionnellement et personnellement. Parfois
des rumeurs circulent. Les congrès servent à bien des
choses…

— Ah, non ! Vous n'y êtes pas du tout. » Sanzio
parut offusqué. « Samuel est un chercheur, un savant.
Il est absolument digne de foi. Et de respect. Vous
savez, pour des raisons de sécurité, nous effectuons
ici chez Bausch & Lomb des enquêtes de routine sur
tout le personnel. Assez fréquentes. L'entreprise
possède trop de secrets industriels. Nous développons
des produits qui doivent rester absolument confi-
dentiels jusqu'à l'obtention de brevets… »

Mazerolle l'interrompit.

« Et personnellement…

— Personnellement, je ne vois pas. Pas du tout. Samuel a une bonne réputation, c'est tout ce que je peux vous dire.

— Ne le prenez pas mal, monsieur Sanzio, et n'en soyez pas offensé, c'était une question que je devais vous poser. C'est mon travail. »

Dix minutes plus tard, les deux policiers quittaient l'édifice de la Bausch & Lomb et regagnaient leur voiture de patrouille. Le détective Short s'installa au volant et il prit la direction du RPD situé dans le Public Safety Building sur Exchange Blvd. Ils étaient silencieux, chacun perdu dans ses pensées. Quand l'autopatrouille stoppa dans le stationnement, Mazerolle ouvrit la portière et, juste avant de descendre, il se retourna vers son adjoint pour lui demander :

« Comment trouves-tu la dame ?

— Organisée.

— Organisée et froide. Elle déclare la disparition de son mari, mais elle est assise tranquillement à son bureau, très chic, au lieu de se morfondre à la maison. Et elle ne pleure pas.

— Ouais… Je suppose que chacun ressent son inquiétude à sa manière.

— Comme tu dis. Montons au bureau et essayons de trouver *Mister* Readman. Appelons la Police de l'Ontario mais d'abord nos amis à la Sûreté du Québec. »

Raymond Mazerolle avait prononcé *Québec* sans accent.

Tout de suite après avoir terminé ses appels aux différents corps policiers, le détective Ray Mazerolle essaya de joindre Geoffrey Spence, l'ami opticien

avec qui Samuel Readman lunchait parfois à Watertown. N'obtenant pas de réponse chez Spence, ni à
son cabinet où il tomba sur un message enregistré
donnant les heures d'ouverture et la procédure
pour prendre rendez-vous pour une consultation,
Mazerolle s'impatienta et demanda l'assistance de
la police de Watertown, New York. Il expliqua la
situation à l'officier en service et le pria d'aller
vérifier sur place et de retrouver Spence en priorité.
En patrouille dans le secteur où habitait l'opticien,
les officiers de police Carmicael et DeSoto se rendirent d'abord à son domicile. Ils trouvèrent la
maison tous stores baissés, le garage fermé à clé.
Ils firent le tour de la propriété sans découvrir quoi
que ce soit de suspect. Ils se déplacèrent ensuite
vers le commerce de Spence et se butèrent là aussi
à une porte verrouillée. La vitrine du magasin
d'optique, appelé For Your Eyes Only, portait une
grande affiche indiquant :

Fermé pour nos vacances annuelles
De retour le lundi 28 octobre

Carmicael et DeSoto tentèrent alors de retrouver
des employés du magasin. Sans succès. De guerre
lasse ils contactèrent le détective Mazerolle pour
lui faire part de leurs démarches.

◆

Vincent Morin se réveilla passé une heure de
l'après-midi, comme dans un décalage horaire.
Courbatu. La bouche pâteuse. Il revint lentement à
lui pour se rappeler qu'une tâche monumentale l'attendait à l'étage. Vincent était atterré. Après avoir
remis sa combinaison de mécanicien et ses chaussures
de travail, il monta l'escalier comme un condamné.

Devant l'ampleur de l'ouvrage, pourquoi ne pas tout jeter ? Les draps et les oreillers. Les rideaux.

Facile.

Le matelas. Heureusement, le pied et la tête en bois du lit conjugal étaient toujours au sous-sol, trop volumineux pour avoir pu passer dans l'escalier quand ils avaient emménagé dans cette maison ; le matelas était depuis ce temps déposé sur une simple base en contreplaqué. Il débiterait tout ça en morceaux, dans la chambre même, et évacuerait les débris en pièces détachées, cela devrait faire tout au plus une dizaine de grands sacs à ordures. *Idem* pour le tapis. Il l'arracha et le découpa en bandes étroites.

À cinq heures de l'après-midi, Vincent avait fini cette partie du travail. En fait, vingt-huit sacs s'entassaient dans le garage autour de sa voiture. Vincent avait vérifié comme un maniaque que les sacs étaient étanches et propres à l'extérieur avant de les descendre, un à un.

Il retourna à la chambre après un léger goûter, cette fois muni d'un seau d'eau savonneuse, et il lava soigneusement les meubles tachés de sang. Les tables de nuit, la commode, la chaise d'appoint. Les cadres aux murs. Les lampes de chevet. Ce n'était qu'une précaution supplémentaire, car il avait une autre solution en tête pour ces objets. Petit à petit, le travail de ménage lui redonna sa bonne humeur ; Vincent se surprit à siffloter. Il s'anima. Et puis, pourquoi pas, il descendit au rez-de-chaussée mettre un CD. Le disque de Marvin Gaye était toujours dans le lecteur. Sur le coup, Vincent resta figé, puis, reprenant rapidement son ardeur joyeuse, il prit le CD et le fit voler gaiement à travers la pièce comme un frisbee.

C'est fini.

Vincent mit le premier CD qu'il trouva et retourna vers l'escalier en dansant. En passant devant le guéridon que sa femme avait acheté au marché aux puces et qu'il avait toujours détesté, Vincent allongea la jambe et le renversa, puis, avec un mouvement de danseur de ballet, il l'envoya valser dans le foyer. Il ricana. Là-haut, il lava les murs et le plafond par deux fois, à l'eau chaude d'abord puis avec une forte solution nettoyante qui, espérait-il, enlèverait toute trace de sang.

« De toute façon, je vais tout repeindre demain. L'ouvrage ne me fait pas peur », chantonna-t-il.

Il nettoya les carreaux de la fenêtre, qui était masquée de l'extérieur par un grand érable de Norvège dont la moitié du feuillage résistait encore au froid de l'automne.

Parfait.

Vers dix heures du soir, son ménage fut terminé. Il avait vérifié deux fois plutôt qu'une chaque centimètre carré de la surface de la chambre. Tout semblait net. Les vêtements pris dans les tiroirs étaient dans la laveuse au sous-sol. Il les laverait deux fois, peut-être trois. On ne sait jamais. Et il les rangerait dans le *walk-in*, sur les étagères libres. Il inspecta le contenu des tables de chevet. La sienne ne contenait pas grand-chose. Des dépliants d'agences de voyages, des Tylenol, le manuel d'instruction de sa calculatrice. Tiens, il l'avait cherché, celui-là. Des chaussettes. Un réveille-matin mécanique. Inutile. Il ramassa le tout.

« Bon pour la poubelle ! » claironna-t-il.

Dans l'autre table de nuit, sa femme avait gardé des crèmes de beauté, une boîte de Kleenex. Un journal dans lequel elle n'avait jamais écrit. Des bonbons, des boucles d'oreilles. Le livre qu'elle lisait à ce moment-là, *Le Livre des illusions*, de Paul Auster.

En prenant le bouquin dans ses mains, Vincent ne put réprimer un sourire amer, comme si ce titre s'adressait à lui personnellement : depuis combien de temps se berçait-il d'illusions ? Décidément, le destin ne manquait pas d'humour. Il remit le livre avec le reste et hésita un instant à la vue d'un paquet de lettres décachetées retenues ensemble par un élastique, puis :

« Bon pour la poubelle ! »

Un petit sac en tissu soyeux rouge vif fermant avec un cordon à glands dorés gisait seul au fond du deuxième tiroir. Vincent le prit et en écarta l'ouverture. Il y trouva un jouet sexuel. Un minuscule vibrateur à piles internes, accompagné d'une fiole de lubrifiant. Il y avait aussi une bougie parfumée et un carton d'allumettes marqué : Le Sextase/Plaisirs coquins.

Il se rendit compte à ce moment qu'il fouillait pour la première fois dans *les affaires personnelles* de sa femme. Jamais il n'avait ouvert un de ses tiroirs. Jamais il n'avait regardé ce que contenait son sac à main. Elle lui avait demandé, un jour, de lui apporter son porte-monnaie. « Il est dans mon sac, chéri, sur le guéridon de l'entrée… » Il était allé prendre le sac à main et le lui avait remis simplement sans l'ouvrir.

Il replaça le jouet dans sa pochette et jeta le tout à la poubelle en se faisant la remarque amère qu'il n'avait pas davantage exploré l'intimité de son épouse pendant toutes ces années passées ensemble. Pour découvrir un secret, il lui aurait fallu le chercher.

Il descendit au rez-de-chaussée et alluma un feu dans la cheminée avec le bois du guéridon. « On est en octobre, après tout ! » invoqua-t-il comme pour répondre à un reproche. Quand la flamme fut assez vive, il apporta les tables de nuit et les jeta dans le foyer l'une après l'autre. À l'étage, Vincent démolit la commode, la chaise et les cadres. Tout cela finit au feu avec la base du lit découpée en pièces. Après avoir descendu le dernier morceau, il balaya la chambre, ramassa les couvertures et les draps qui couvraient les planchers jusqu'à l'escalier, et il se débarrassa du tout dans un sac à ordures. Vincent s'installa enfin devant l'âtre avec un gin. Puis un autre.

« Tout travailleur a droit à sa récompense », gloussa-t-il en prenant ses aises sur le divan.

JEUDI 17 OCTOBRE 2002

Vincent regarda l'heure. Tout juste passé minuit. C'était le moment qu'il avait choisi pour aller porter tous les sacs dans les conteneurs du centre commercial de Rosemère. Les seules poubelles qu'on vidait quotidiennement, tous les matins. Il jubilait et se prit à se réjouir de cette mission. Il finit son verre d'un trait.

« En route vers de nouvelles aventures », cria-t-il dans la maison.

Sa voix résonna dans le salon et il frissonna.

Je déconne ! Quelqu'un pourrait m'entendre !

Il chantonna un instant : *parle plus bas...* ce qui le mit franchement de bonne humeur. Il remplit le coffre de sa voiture : cinq sacs. À ce rythme, il devrait faire cinq ou six expéditions aller-retour. Insensé. Deux voyages, trois à la limite, plus que ça deviendrait suspect aux yeux d'un voisin insomniaque.

Il sourit en pensant que la veille, avec une cargaison beaucoup plus compromettante, il avait été moins peureux.

« En route », dit-il simplement tout haut pour se donner du courage.

Il retrouva ses chaussures de travail, les enfila et s'installa au volant de sa Lexus. Il sortit du garage et prit la direction de la Place Rosemère, l'auto toujours munie de sa fausse plaque d'immatriculation. En chemin, il croisa deux voitures. Chaque fois, il porta la main à son front pour cacher une partie de son visage en mimant le comportement d'un homme fatigué.

Aux feux de circulation de la rue du Parc : une autopatrouille. Elle bloquait l'intersection, gyrophares allumés.

Panique.

Impossible de faire demi-tour. Il attendit la catastrophe. Mais les deux policiers étaient affairés. Un des flics rédigeait quelque chose sur un bloc-notes, l'autre s'aperçut de la présence de la voiture de Vincent et, sans le regarder, lui fit signe nonchalamment de poursuivre son chemin. Puis Vincent vit l'autre véhicule, arrêté à quelques mètres de distance sur le boulevard Curé-Labelle. Le conducteur avait l'air résigné du contrevenant et fuyait tout regard.

Vincent continua sa route, le cœur battant, les yeux rivés à son rétroviseur. Fausse alerte, mais il songea à annuler le tout et à retourner à la maison. Quelques rues plus loin, le cran lui revint. Il était presque arrivé. Il sourit stupidement. Il tourna à gauche sur le boulevard Bouthillier, puis tout de suite à droite dans l'entrée qui donnait sur le grand magasin La Baie. Il contourna le centre commercial et aperçut à sa droite les poubelles du restaurant Houston. Trop à la vue et pas assez spacieuses. Il poursuivit et il repéra enfin à gauche ce qu'il cherchait, entre le magasin Sears et le Best Buy : l'accès pour la livraison par camion où se trouvait également le conteneur de déchets dans lequel il avait jeté sa bicyclette la veille. Il s'y engagea. Au fond de ce corridor plutôt mal éclairé, une surprise l'attendait. À l'arrière de l'édifice, deux hommes étaient occupés à vider le contenu de leur *pick-up* dans un des nombreux conteneurs. Pris dans les phares de la voiture de Vincent, les deux se figèrent instantanément dans une attitude coupable. Mettant leur main au-dessus de leurs yeux, ils tentèrent de deviner à qui ils avaient affaire. Voyant qu'il ne s'agissait pas d'une autopatrouille, ils tournèrent le dos et reprirent leur travail de plus belle, après avoir échangé quelques paroles.

Visiblement, Vincent n'était pas le seul à se défaire de choses encombrantes.

Excellent. Merci, les gars : tout pour brouiller les cartes !

Il éteignit les phares de sa voiture, resta en retrait et attendit que les deux types aient fini. Ils repartirent finalement, sans lui accorder un seul regard. Vincent patienta encore quelques minutes puis il s'approcha d'un des conteneurs et y transborda ses cinq sacs. Confondus avec l'ensemble de tout ce qui se trouvait à l'intérieur du conteneur, ils passaient absolument inaperçus.

Vincent retourna chez lui, enhardi par la facilité de l'opération. Dans le garage, il considéra le nombre de sacs qu'il restait à transporter et décida de faire deux seuls autres voyages, en entassant ces sacs dans le coffre, sur les banquettes arrière et à côté de lui.

Les deux expéditions se déroulèrent sans encombre. À peine croisa-t-il trois ou quatre voitures à cette heure avancée de la nuit. Les policiers avaient disparu. De retour à la maison, il inspecta le sol du garage. Tout était net. Par précaution, le lendemain, il laverait ce plancher de ciment. Vincent entra dans la cuisine et se prépara deux sandwiches au jambon qu'il mangea au salon, avec une bière et ses cornichons préférés, devant la reprise des nouvelles à LCN. Grève dans les transports en France, le premier ministre britannique en visite quelque part dans le monde, le dollar à la hausse, pas de corps découverts ni de voiture incendiée.

Il éteignit, monta à la chambre et inspecta une dernière fois la pièce. Tout était bel et bien net. Il jeta sa combinaison et ses chaussures dans la poubelle de la salle de bain, prit une douche et descendit se coucher dans sa nouvelle chambre.

Vincent se réveilla passé dix heures. Il avait dormi sept heures d'affilée et se sentait en forme malgré ses efforts de la veille. Il regarda par la fenêtre. Il pleuvait. « Excellent ! » lança-t-il tout haut en pensant à la clairière.

Il monta à l'étage et s'habilla d'une paire de jeans, d'une chemise épaisse et de chaussettes confortables. Il faisait un peu frais dans la maison. Trop tôt pour allumer le chauffage, en ce début d'automne, mais assez tôt pour changer ses habitudes vestimentaires. Vincent retourna à la cuisine et se prépara un « vrai » petit-déjeuner. Le premier vrai petit-déjeuner depuis son retour de la Grosse Pomme. Café, œufs tournés, bacon, tomates, toasts, confitures. Depuis lundi soir, il n'avait avalé que des collations à des heures irrégulières. Après quelques bouchées, une chaleur se répandit en lui et il retrouva son aplomb.

Je vais y arriver, finalement.

Mais son estomac se noua d'un seul coup quand Vincent entendit tinter la sonnette d'entrée et qu'il vit, à travers le verre givré de la porte, la silhouette évidente d'un uniforme.

La police !

Vincent se dirigea en automate vers l'entrée, le cœur serré, la bouche sèche, essayant de trouver d'urgence quelque chose à dire, mais il ne constata qu'un vide total dans son esprit affolé.

Il ouvrit, résigné.

« Bonjour, monsieur Morin, vous étiez en dehors de la ville ? »

Le facteur ! Ce n'était que le facteur ! Vincent se mit à rire compulsivement.

« Bonjour, facteur », salua-t-il sans pouvoir réprimer son fou rire.

Le facteur se mit à rire aussi.

« Ma foi, dit-il, je ne savais pas que j'étais si comique ! Il n'y a plus de place dans votre boîte aux lettres ! Les journaux, sans doute ceux des trois derniers jours, en plus de votre courrier habituel et des publicités. J'ai pensé sonner pour voir si vous étiez à la maison.

— Vous avez bien fait ! Oui, bien sûr, mon courrier. J'étais absent, oui. Je viens tout juste de rentrer. Merci.

— Voilà votre courrier, monsieur. Au revoir ! Bonne journée !

— Au revoir, et encore merci. »

Le facteur lui remit tout le contenu de la boîte aux lettres et Vincent referma derrière lui. Le facteur. Ce bon vieux facteur. Vincent retrouva ses esprits. Mais rapidement, des questions l'assaillirent. Le facteur était venu les autres jours, c'était évident. Il connaissait bien la propriété ; avait-il pu voir quelque chose? des mouvements dans la maison? Avait-il perçu des bruits? L'hypocrite était-il envoyé par la police pour examiner les lieux sans que cela paraisse? Improbable. Quoique…

Comment ai-je pu oublier le courrier? se reprocha Vincent. *Et le journal.*

Du coin de l'œil, il aperçut le téléphone qui clignotait.

Mon Dieu, et le téléphone! Comment ai-je pu oublier le téléphone?

Vincent se rappela le coup de fil de son associé Simon Ross, la veille. Et celui de mardi soir, qui avait enclenché le service de messagerie automatique. Y avait-il eu d'autres appels pendant ses absences de la maison? quand il était sur la route? ou au centre commercial? Vincent se rendit compte qu'il vivait uniquement dans sa tête depuis trois jours. Seules les péripéties qui découlaient du cauchemar de lundi semblaient avoir une réalité. Seules les pensées reliées à cette orgie meurtrière occupaient son esprit. En voulant maîtriser la situation qu'il avait créée, il avait laissé déraper dangereusement tout le reste de sa vie.

Le découragement lui tomba dessus comme une chape de plomb. Vincent passa près d'une heure assis à regarder le téléphone, paralysé, hébété et confus. Il revit les corps laissés à pourrir dans la clairière. La voiture qui flambait. Il refit le scénario mille fois. Puis, petit à petit, l'énergie et la confiance revinrent en lui. Tout ça ne pouvait pas être complètement raté. Le conteneur du centre commercial était vide à l'heure qu'il était. Il n'y avait plus rien chez lui qui pouvait l'incriminer, à part quelques empreintes laissées par les deux types avant qu'ils soient montés là-haut. Peu de choses, finalement. Rien qu'il ne pouvait arranger.

Dès maintenant.

Il se leva, prit un produit nettoyant sous l'évier, un chiffon propre dans la lingerie et se rendit au garage refaire pas à pas le parcours présumé des deux hommes. Il nettoya tout ce qu'ils avaient pu toucher sur leur passage dans la maison.

Enfantin.

Les poignées de chaque côté de la porte, les interrupteurs. Ils étaient sans doute allés au salon : les bras de chaque fauteuil, la chaîne stéréo, tous les CD sortis sur la table et sur la crédence. Trois verres traînaient sur la table à café : au lave-vaisselle ! La table fut nettoyée méticuleusement. Les bouteilles d'alcool dans le buffet et le buffet lui-même furent astiqués.

Ils étaient tous montés à l'étage, mais avant, peut-être un des types s'était-il servi des toilettes du rez-de-chaussée. La pièce fut complètement lavée, aucun accessoire ne fut épargné. La main courante de l'escalier, la salle de bain, tout fut inspecté et essuyé systématiquement. Vincent redescendit et refit le parcours plusieurs fois, jusqu'à ce qu'il ne puisse plus trouver aucun détail qui clochât.

Puis il fit le tour de la maison au complet. *Ils ont peut-être visité la maison…* Peu probable. « Ils avaient autre chose à faire », pensa-t-il en ricanant. Mais qui sait ? Il était logique qu'ils n'aient jeté un coup d'œil dans les pièces qu'à partir du seuil de chacune. *C'est ce qu'on fait d'habitude*, conclut-il. Il se remit à l'ouvrage, plus déterminé que jamais. Il essuya avec un chiffon imbibé de nettoyant chacune des poignées, chacun des cadres de porte, en s'attardant sur les objets les plus évidents. Il passa l'aspirateur dans le garage et dans toute la maison, puis jeta le sac à la poubelle. Dans la cuisine, pour finir, Vincent remplit le lave-vaisselle de tout ce qu'il pouvait trouver : verres, assiettes, bibelots. Il vida les armoires. Il fit plusieurs lavages de suite jusque vers six heures du soir, heure à laquelle il s'arrêta enfin pour la première fois. Satisfait. Mais il n'aurait de cesse qu'il n'ait repeint la chambre et recouvert le plancher. *Peut-être que tout cela sera insuffisant*, songea-t-il, *insuffisant ou excessif*. L'inquiétude, toujours proche, le gagna à nouveau.

Il s'offrit un bref moment de répit, soucieux, pour manger un peu, puis il descendit au sous-sol inspecter tous les restes de peinture qu'il put dénicher. Il avait décidé qu'il achèterait le moins possible de choses qui permettraient de le pister. Vincent mélangea les couleurs qu'il trouva. Un fond de bleu gris et un autre de vert pâle, les teintes originales de la chambre et du corridor de l'étage. Il ajouta du blanc pour combler. Le résultat donna un gris vert pas très esthétique, mais cela pouvait convenir, du moins le jugea-t-il. Vincent fouilla ensuite dans l'espace de débarras à la recherche d'un vieux ventilateur qui y était remisé depuis des années, en se disant qu'il pourrait s'en servir pour aérer la pièce une fois son travail de peinture achevé. Il brancha l'appareil tout poussiéreux. Des étincelles en jaillirent aussitôt dans un grincement de moteur électrique. Une fumée bleutée s'éleva, accompagnée d'une odeur de roussi. Vincent débrancha le ventilateur sans attendre. Il se rappela que l'appareil était défectueux et qu'il s'était promis dans le temps qu'il le réparerait dès qu'il en aurait l'occasion. Bien entendu, il n'avait jamais pu le faire, si bien qu'après des mois d'attente, France en avait acheté un nouveau et avait descendu l'ancien au sous-sol rejoindre les « autres-bricoles-que-tu-vas-si-bien-réparer-un-jour ».

Il remonta à la chambre avec escabeau, rouleau, pinceaux et son mélange, mais en ouvrant la porte il se rendit compte brusquement de l'erreur qu'il était en train de commettre. La police s'apercevrait immédiatement que la pièce avait été repeinte. C'était l'évidence même.

Trop, c'est pire que pas assez.

Pour ce qui était du plancher, il n'avait pas le choix, le tapis ensanglanté était parti. Mais pour les murs, mieux valait laisser la chambre dans l'état le plus normal, le plus convaincant possible. Si un jour les policiers le soupçonnaient et obtenaient un mandat de perquisition, ils trouveraient encore des empreintes de sa femme partout dans la maison, excepté dans la chambre à coucher; et ils le questionneraient sûrement sur la coïncidence très opportune entre la disparition de son épouse et la rénovation de la pièce. Mais on n'en était pas encore là. Mieux valait courir le risque. Pour le moment.

Vincent enleva les plinthes délicatement, supposant que le sang qui avait giclé sur les murs avait pu tout aussi bien couler derrière elles. Il les lava soigneusement, de même que le mur jusqu'au niveau du plancher. Il redescendit la peinture au sous-sol. Il était exténué. Sa tâche tirait à sa fin. Demain, il s'occuperait du couvre-plancher.

Il vida toutes les poubelles de la maison et du garage, et déposa les sacs à la rue où ils seraient ramassés le matin, avant que les premiers voisins ne partent pour le travail. Finalement, il se prépara un sandwich qu'il mangea devant les informations de dix heures à la télé. Toujours pas de nouvelles des corps ni de la voiture.

VENDREDI 18 OCTOBRE 2002

« Sergent-détective, vous avez un appel sur la deux : le policier américain. »

Francis Pagliaro sursauta. Bien sûr, il était au courant de cet appel, il en avait été averti en fin d'après-midi, la veille, par la réceptionniste : « Vous aurez un appel en provenance des États-Unis demain à dix heures précises. » Mais depuis son arrivée au bureau à sept heures le matin à Parthenais, Pagliaro avait été débordé et le coup de fil lui était complètement sorti de la tête. D'abord, la réunion avec son adjoint Martin Lortie et le nouveau policier qui enquêtait avec eux sur un réseau organisé de vols d'identités se prolongea bien au-delà de l'heure prévue, ce qui bouleversa l'horaire de Pagliaro pour le reste de la journée. Le sergent-détective était loin d'être un expert en informatique, et pour le suivi de l'opération, il rencontrait tous les jours l'agent Nicolas Turmel, un jeune qu'il avait réussi à faire embaucher pour l'assister dans son enquête.

Informaticien de formation, le novice était un crack, la chose était évidente, et Pagliaro prenait grand plaisir à l'écouter. Sans le lui avouer, il poursuivait ainsi auprès de lui ce qu'il appelait sa « formation tardive perpétuelle », après s'être rapidement fait la réflexion qu'encore une fois la police devait mettre ses connaissances à jour avec l'apparition de nouvelles formes de criminalité. Turmel lui avait répété à la blague ce qu'avait dit un de ses profs à l'université : « L'ordinateur décuple vos possibilités, faites bien gaffe si vous êtes con ! » Malheureusement, l'informatique multipliait aussi les possibilités d'audacieux esprits criminels, souvent très intelligents et habiles. Pagliaro se demandait de quoi la police scientifique serait constituée dans trente ou quarante ans. Dans cent ans…

Pour l'instant, la nouvelle recrue, elle, n'avait aucune expérience du processus d'enquête, à part celle obtenue par sa trop brève formation à l'École nationale de police de Nicolet. Martin Lortie semblait pour sa part tirer un plaisir plus mitigé de ces réunions quotidiennes avec le nouveau.

« Ton gars va finir flic de bureau, Francis, si tu continues à le laisser s'enfermer à la noirceur avec ses jouets, dit Lortie après que Turmel eut quitté le bureau de Pagliaro.

— Y a pas juste l'action, dans notre métier, Martin…

— On n'avance pas ! Ça fait déjà un mois qu'on traîne… »

Pagliaro reposa à ce moment sur le bureau les pièces à conviction qu'il avait sorties d'un classeur et qu'il s'apprêtait à examiner pour la centième fois dans une autre affaire de crime économique. Il sourit à son adjoint.

« Martin, connais-tu Darius Milhaud ?

— Non, c'est un gars recherché ? Il a un dossier ?

— Épais comme ça, répondit Pagliaro en désignant la pile de dossiers qui encombrait le coin de son bureau. Et il est *très* recherché…

— Jamais entendu parler. Recherché pour quoi ?
— Sa musique !
— Sa musique ? Tu m'niaises ?
— Pas du tout. Tu vas comprendre. Vois-tu, Darius Milhaud était un compositeur français qui avait une méthode bien à lui pour écrire sa musique. Je ne sais pas si tu as des connaissances musicales…
— Ma blonde étudie le piano.
— Bon, eh bien, sois tranquille, ça s'attrape pas comme le rhume. Milhaud écrivait des pièces où la main gauche joue dans une tonalité, en fa, par exemple, et la main droite en si.
— Ça peut pas marcher, au moins je sais ça, il faut que les deux mains jouent dans la même gamme.
— Justement ! C'est ça le génie de Milhaud, avec lui ça marche.
— Je te vois venir, Francis, avec tes grosses mitaines, il faut que la main gauche ignore ce que fait la main droite, bla bla bla…
— Exactement le contraire ! Avec Darius, il faut que la main gauche *écoute* ce que fait la main droite, et versa-vice, et il faut que les deux mains agissent en harmonie. Bon… c'est sûr que l'harmonie est, disons, surprenante au début, *déconcertante*, même, si tu veux…
— *Déconcertante* : très drôle…
— Blague à part, ça fonctionne. On s'habitue, puis on aime. Toi, Martin, t'es un gars de terrain, vrai ?…
— Oui, monsieur ! Vrai de vrai, et fier de…
— Et Nicolas est un gars de bureau. Ça prend les deux.
— Pis toi, t'es le chef d'orchestre…
— Je t'ai toujours admiré pour ta perspicacité, Martin ! Mais si tu es en manque d'action, voici ce que tu peux faire dès ce matin : selon ce qu'on

vient tout juste d'apprendre de Nicolas, un des sus-
pects du réseau de vols d'identités qui nous occupe
a réussi à faire une demande de carte de crédit
Master Card à une succursale de la BMO à Ottawa.
Sous un faux nom, avec de fausses pièces d'identité.
On ne sait pas encore si c'est une identité volée ou
forgée. L'employée qui a rempli sa demande se
méfiait de lui. Selon elle, il n'avait ni l'âge ni l'allure
ni les revenus de quelqu'un qui est propriétaire d'une
maison de quatre cent mille dollars à Longueuil.
Elle a voulu pousser sa recherche un peu plus loin.
Mais, pour une raison ou pour une autre, la demande
de crédit du jeune a été acceptée malgré elle et lui
a passé sous le nez.

— Sa demande a été troudecultée…

— Comme tu dis, court-circuitée. Le gars avait
demandé qu'on lui fasse parvenir sa carte à sa nouvelle adresse de Longueuil, où il a déclaré qu'il
venait d'emménager. Tu vas d'abord aller voir qui
loge vraiment à cette adresse et s'il y a un lien avec
notre suspect. Il n'y en a probablement pas, c'est
juste une adresse qu'il a pigée au hasard et les gens
qui demeurent là ne recevront jamais ladite carte
Master Card de cet inconnu chez eux. D'après
Nicolas Turmel, le procédé est connu : toujours
avec ses fausses pièces d'identité, aussitôt sorti de
la banque, le gars va faire arrêter le courrier à son
nom par Postes Canada à cette adresse pour se le
faire remettre plutôt au bureau de poste le plus
proche. C'est comme ça qu'il compte récupérer sa
nouvelle carte de crédit frauduleuse. Nicolas a
averti le bureau de poste en question, et il a demandé
qu'on retienne le courrier du suspect pour de vrai,
et qu'on nous appelle d'urgence quand il va se
pointer.

— Si notre fraudeur est pas con, il va se pousser aussitôt qu'on va lui dire d'attendre...

— Exact ! C'est pourquoi ça serait mieux que tu sois *déjà* au bureau de poste en question pour l'accueillir. Ça devrait se passer ces jours-ci, si c'est pas déjà fait. C'est important dans la mesure où son arrestation peut nous conduire à d'autres membres du réseau. »

Martin Lortie quitta le bureau tout de suite après avoir donné à Pagliaro un très bref compte-rendu de ses interrogatoires de la veille. Un sempiternel cas de pédophilie allié à un fort probable trafic de mineures.

« J'ai pas eu le temps de rencontrer tous les témoins, même que deux se sont jamais présentés. Tu parles !... Des délinquants ! C'est sûr que c'est le propre d'un délinquant de pas se présenter.

— *Cent fois sur le métier remets ton ouvrage...*

— Je m'y remets tout de suite après le bureau de poste.

— Tu me diras quand. Je t'accompagnerai pour voir les témoins, question de créer un peu de pression sur eux pour qu'ils ne changent pas d'idée d'ici à ce qu'ils témoignent devant le juge... dans huit mois ou un an... ou deux ! »

Une fois seul après le départ de Lortie, le sergent-détective Pagliaro fit une légère pause pour remettre ses idées en place. Presque dix heures déjà, et il avait à peine entamé sa vraie journée de travail. Il regarda machinalement la lampe banquier à l'abat-jour jaune que sa femme Lisa lui avait offerte quand il avait commencé à travailler à Parthenais, six ans plus tôt. En arrivant le matin, il l'avait allumée comme à son habitude puis il avait accroché son pardessus à la patère.

Lisa.

Par la grande fenêtre de son bureau du septième étage, Pagliaro observa pendant quelques secondes le mont Royal, au beau milieu de la ville, qui brillait dans les rayons matinaux du soleil d'octobre. La fin de semaine serait sans doute la dernière occasion pour aller avec Lisa admirer les couleurs d'automne à la campagne. Une expédition dans les Cantons-de-l'Est devenue une tradition dans leur couple.

S'il n'est pas déjà trop tard… Les choses et les couleurs passent si vite.

C'est à ce moment que, coupant court aux pensées de l'enquêteur, la secrétaire avait surgi à la porte de son bureau pour lui annoncer le coup de fil en provenance des États-Unis.

La police de Rochester recherchait un citoyen américain disparu au début de la semaine lors de son passage à Montréal entre le mercredi 9 octobre et le lundi 14. D'après son épouse, l'homme avait disparu entre le dimanche soir, moment où il avait parlé avec elle au téléphone pour la dernière fois, et le mercredi matin, moment où elle avait appelé la police. Dès l'ouverture du dossier à Rochester NY, la Sûreté du Québec avait été sollicitée pour que les patrouilles routières de l'ouest de l'île de Montréal repèrent une Saab 9-3 2002 flambant neuve de couleur rouge immatriculée 289STR dans l'État de New York, et pour que les policiers tentent de localiser son propriétaire, Samuel Readman, race blanche, quarante-deux ans, cinq pieds dix pouces, deux cent vingt livres. Quant à elle, la Police de Montréal s'occupait de la recherche du véhicule sur le territoire métropolitain même. Le sergent-détective Pagliaro avait été choisi pour assurer la coordination des agents sur le terrain et il agissait comme porte-parole des forces policières avec les autorités américaines. L'enquêteur décrocha le téléphone et annonça simplement :

« Francis Pagliaro.

— Bonjour, ici… détective Raymond Mazerolle, de *Rochester Police Department*. Appelant de Rochester, New York, dit l'homme dans un français étrange.

— On parle français dans la police de Rochester, New York ? le coupa Pagliaro d'une voix enjouée mais étonnée.

— Mes *folks* sont nés à New Brunswick, Canada. À Saint-André Mad'waska. Moi, je suis né aux *States*, mais on parlait toujours le français à la maison. Mes vieux sont… *passed away*… ils sont… comment qu'on dit ?…

— Ils sont décédés…

— *That's it*, ils sont décédés depuis longtemps, *and now* je parle le français une fois par an, et aujourd'hui est le jour…

— Ah ! Ah ! J'apprécie. Je parlais italien à la maison quand j'étais petit avec mes parents. Tous les jours, moi aussi… Où en êtes-vous à Rochester ?

— *Stalled*. Toutes les forces *from* Rochester jusqu'à la frontière de Canada sont en train de regarder pour la voiture du gars. Même les *Border Patrols* sont en service. *Nothing up to now*.

— Readman ne s'est pas manifesté ?

— Ses *credit cards* n'ont pas été utilisées depuis lundi matin après qu'il a payé son *bill* à l'hôtel. Pas de retraits, pas d'achats. Son *cellphone* non plus. De vot'côté, Francis ?… Je peux vous appeler Francis ?

— Oui, oui, bien sûr! De notre côté, Raymond, pas de Saab. Aucun signalement, ni dans le stationnement de l'Hôtel des Gouverneurs, ni dans aucune halte routière sur l'autoroute 20, ni dans les parkings des restaurants routiers de Montréal jusqu'à l'Ontario. Aucun accident de la circulation enregistré impliquant une Saab immatriculée aux U.S.A. Aucun Samuel Readman dans aucun hôpital.

— *Well! Okay then! Keep up the good work!*

— Oui, c'est ce qu'on fait. Mais, dites-moi, Raymond, ce Readman est-il un individu important pour qu'on réussisse à monopoliser toutes ces forces de police en un temps aussi court?

— Pour être franc, non. C'est juste un *scientist* qui travaille pour Bausch & Lomb, ici à Rochester. Pas de casier judiciaire, citoyen ordinaire impliqué dans la *community*. Membre de la Monroe County Medical Society, une association qui s'occupe de l'amélioration des soins de médecine ici dans le comté. Il est aussi membre d'un club de golf, le Penfield Country Club. Non, *between you and me*, l'important dans l'histoire, c'est que mon boss, le *Chief of Police*, *runs* pour la mairie de Rochester. C'est quelques semaines de maintenant. Il ne voudrait pas qu'un de ses citoyens disparaît juste avant *election day*, et que *sa* police reste les bras croisés. *Jesus*… Il fait de la pression sur tout le service, moi le premier…

— J'ai connu ça… *Tutto il mondo è paese*…

— *Yeah, I got that one* : partout c'est pareil.

— Exact! De notre côté, ici à Montréal, on cherche à connaître les gens avec qui Samuel Readman se tenait pendant le congrès. C'est difficile parce que les congressistes sont originaires du monde entier. Ils voyagent dans des avions séparés, le plus possible, pour qu'en cas de crash on ne perde pas tous les optométristes en même temps. Ça ne facilite pas notre tâche pour les retrouver. Ils ne sont pas tous retournés chez eux depuis dimanche, lundi et mardi. Il y en a qui sont restés ici pour des vacances, ou pour des affaires, et qui sont partis à gauche et à droite. Vous voyez… J'ai un adjoint qui travaille là-dessus. Il est en train d'interroger les employés de l'hôtel, de même que les organisateurs du congrès. On se reparle lundi ? C'est moi qui appelle.

— *Okay*, lundi. Ou aussitôt qu'on a du nouveau. Prends soin, Francis ! »

◆

Après les journées qu'il venait de vivre, Vincent méritait sa grasse matinée, ce vendredi matin. Il avait bel et bien entendu le téléphone sonner à quelques reprises depuis huit heures, mais il s'était rendormi chaque fois. Onze heures passées. Il se décida à se lever enfin. Il n'avait pas l'habitude de rester au lit si tard et il le quitta avec une sensation bizarre de nausée accompagnée d'un léger mal de tête. Il avait jeté ses Tylenol l'avant-veille.

Quel idiot !

Vincent déjeuna, monta à la salle de bain prendre une douche et se rasa. Dans la chambre, il passa des vêtements propres.

Il faudra remeubler cette pièce avec les meubles de la chambre d'amis aussitôt que j'aurai fini de recouvrir le sol, songea-t-il.

Pour cela, un plancher flottant ferait très bien l'affaire. Simple et facile d'installation : c'était dans la publicité. Il se rendit au garage et changea sa fausse plaque d'immatriculation, devenue maintenant superflue. Un anodin contrôle routier comme il en avait croisé la nuit de jeudi au coin du boulevard Curé-Labelle et de la rue du Parc pourrait lui attirer des ennuis. Cette fausse plaque était une mauvaise bonne idée, finalement, autant s'en débarrasser au plus vite. Plusieurs personnes étaient déjà au courant de son retour à la maison et il n'aurait plus à circuler avec des « objets » compromettants. Il n'était plus nécessaire de se cacher davantage.

Vers midi, il se dirigea vers la Place Rosemère, puis il se ravisa et s'engagea plutôt sur la 640, pour rejoindre l'autoroute 15 Sud. Il roula quelque temps, changea de direction à plusieurs reprises pour se retrouver enfin au Rona du chemin de la Côte-Vertu. Là, Vincent fit rapidement son choix de plancher flottant, n'importe quoi ferait l'affaire, après tout, et mieux valait ne pas traîner ; il chargea ses paquets de bois sur un chariot, paya comptant avec l'argent du mort et quitta le magasin sans s'attarder. Dans une poubelle du stationnement, il jeta discrètement la fausse plaque d'immatriculation qu'il avait apportée, aplatie au marteau et pliée en deux dans la poche de sa veste. Il se débarrassa également de la facture de son achat. Personne aux alentours.

Le retour à la maison se fit sans problème : Vincent se surprit même à profiter de la promenade. Il se sentait beaucoup mieux, aujourd'hui. Il faisait assez beau. Beaucoup plus chaud que pendant les jours précédents. *Idéal pour les deux de la clairière*, pensa-t-il aussitôt. Mais l'idée ne l'amena pas à sombrer dans la torpeur que lui inspirait immédiatement cette image depuis la nuit de mardi. Il respira profondément.

Je m'en tire pas trop mal.

Son moral était meilleur, en effet. Plus tôt dans la journée, il avait évoqué à plusieurs reprises le souvenir de sa femme. La douleur était revenue, bien sûr, mais légèrement estompée. Des réminiscences terribles avaient ressurgi aussi, instantanément. Des images de honte et de sang. Étrangement, aujourd'hui, au volant de sa Lexus, la radio jouant un air apaisant de musique classique, Vincent se sentait capable de les affronter avec plus de fermeté, sans plonger immédiatement dans l'angoisse ou le remords. Le fait de se juger à nouveau courageux lui donna de l'espoir. Il revint chez lui dans une certaine tranquillité.

Aussitôt rentré, il transporta les paquets de planches à l'étage. Les instructions étaient claires. Simple et facile d'installation : pour une fois, la publicité avait dit vrai. En moins de quatre heures, le plancher flottant était posé et les plinthes étaient remises en place. Vincent inspecta le tout. C'était bien. Très bien. Tout ça avait l'air trop neuf, bien entendu, mais une fois les meubles installés, on n'y verrait que du feu. Enfin, tout le monde n'y verrait que du feu.

Sauf, évidemment, la police.

« D'ici quelques jours, pensa-t-il à haute voix, je trouverai quelque chose, j'inventerai bien un moyen de faire vieillir tout ça. »

Vincent quitta la pièce et fit le tour de la maison pour la millième fois, car il redoutait de trouver un détail, de se rendre compte d'un oubli, d'une gaffe qui aurait pu le mettre en cause. Le faire jeter en prison.

Rien.

Sa mission était terminée.

SAMEDI 19 OCTOBRE 2002

Confortablement assis au salon, Vincent Morin sirotait son troisième café. Une question le turlupinait tout de même depuis son réveil. Il fallait trouver une explication à la disparition de sa femme, avant que d'autres ne s'en chargent. Une explication en béton qui tomberait sous le sens et qui serait même accueillie avec un certain soulagement par les proches. Mais aucune idée ne lui venait.

« Ma femme m'a quitté ! » dit-il soudainement en se levant d'un bond, excité par sa trouvaille. « Ma femme est partie ! Voilà ! Elle n'a pas disparu, bien sûr, elle est partie, elle m'a quitté. »

Pourquoi n'y ai-je pas pensé plus tôt ? Elle m'a quitté. Avec toutes ses affaires. Elle a même emporté les meubles de la chambre. Pendant mon absence. Elle avait des… non, elle avait un amant…

À l'idée de l'adultère, le rouge lui monta au visage. Beaucoup de gens étaient sans doute au courant des aventures extra-conjugales de sa femme. Sauf lui, bien entendu. Le dernier à l'apprendre, comme d'habitude dans ces cas-là. La colère s'empara de lui encore une fois et la douleur revint de manière cinglante. Mais cette fois, Vincent se maîtrisa rapidement et, sur une impulsion soudaine, il décida que sa souffrance serait constructive. C'était son chagrin qui, maintenant, expliquerait son absence du bureau et qui l'excuserait auprès de tous de ne pas avoir répondu à leurs messages accumulés sur le répondeur. C'était la honte d'avoir été trahi et abandonné qui justifierait aussi son besoin de se sentir seul, et il voudrait se sentir seul quelque temps encore. Mon Dieu oui ! Le plus longtemps possible, en fait ! Comme un animal blessé. Mais tôt ou tard, il faudrait bien qu'il avoue, qu'il *déclare* la disparition de sa femme. Quelqu'un de son entourage, la sœur ou la mère de France ne se contenteraient plus de l'explication trop commode de leur séparation. Sans nouvelles d'elle depuis trop longtemps, elles iraient elles-mêmes à la police ! Mieux valait que ce soit lui qui le fasse. Mais le plus tard possible.

Pris d'une nouvelle détermination, il s'installa au bureau de sa bibliothèque et écouta pour la première fois les messages enregistrés. Dix en tout. Surprenant. Où avait-il eu la tête, ces jours passés ? Vincent se mit à l'écoute.

Lundi après-midi, deux heures douze : quelqu'un avait raccroché sans laisser de message.

Lundi soir, six heures cinquante-trois :

« Allô, c'est moi ! T'es pas là ? Vous m'avez oubliée ou quoi ? Bon, écoute. Je te rappelle plus tard. *Ciao !* »

Lundi soir, sept heures vingt :

« Salut, c'est encore moi ! Bon, là, vous êtes pas drôles ! Je vous attends au bar depuis une heure, mais je vais rentrer maintenant. Je te rappelle demain. Quand même, tu aurais pu… »

Mardi après-midi, trois heures quinze : la bibliothèque municipale qui rappelle que la remise du *Livre des illusions*, de Paul Auster, accuse un retard de plus d'un mois.

Mardi soir, dix heures douze :

« Salut ! C'est Laurie. Bon… T'as pas pris mes appels d'hier ? Écoute… Je sais pas quoi te dire… Je suppose que j'ai tout manqué ? (Rires) Rappelle-moi. *Ciao !* »

Mercredi matin, dix heures cinq : encore quelqu'un qui n'a pas laissé de message.

Vincent se rappela qu'il était sans doute déjà au téléphone avec Simon Ross à ce moment-là.

Mercredi, onze heures cinquante du matin :

« Salut ! C'est moi ! J'ai pas de nouvelles de toi. Qu'est-ce qui se passe ? Es-tu partie ? Pourquoi tu prends pas tes appels ? Bon, rappelle-moi quand tu pourras. *Bye.* »

Je dormais, se dit Vincent. Ce coup de téléphone a dû me réveiller.

Vendredi matin, neuf heures vingt-deux :

« Salut, c'est Laurie, êtes-vous à la maison ?… Je m'inquiète un peu, là. Je n'ai pas de nouvelles de France depuis lundi, Vincent, si t'es revenu de New York, rappelle-moi au plus vite. »

Puis Ross, à une heure vingt-cinq, qui voulait parler à Vincent, rien de pressant, cela pouvait attendre à lundi. Finalement, un dernier message, sans importance, vendredi, deux heures trente de l'après-midi : le cordonnier annonçait que les souliers de madame étaient réparés.

Perplexe, Vincent réécouta les messages de Laurie, qu'il avait sauvegardés : « Je suppose que j'ai tout manqué ? »

Tout manqué *quoi* ?

Il se dit que c'était sans doute sans importance. Cela pouvait signifier tellement de choses. Des choses anodines. Mais la phrase lui revenait sans cesse à l'esprit pendant qu'il se préparait à souper. Il mangea, soucieux, dans la nuit qui s'installait. Il était huit heures du soir. Il rangea la vaisselle et se rendit au salon finir son gin et regarder la télévision pour se détendre un peu.

Tout manqué quoi, tout manqué quoi?

« Vous m'avez oubliée? Vous êtes pas drôles! »

Incapable de suivre l'émission à l'écran, Vincent commença à imaginer un scénario qui lui déplaisait de plus en plus au fur et à mesure qu'il retournait les mots de Laurie dans sa tête. *Ils l'ont laissée tomber? C'est ça? Elle avait rendez-vous avec eux au bar, elle aurait dû elle aussi faire partie de l'orgie? C'est ça? Ils sont partis baiser à trois plutôt qu'à quatre? C'est ça?*

Sa belle-sœur avait toujours été portée sur la chose, il ne le savait que trop bien. Sitôt qu'elle avait un verre dans le nez, elle ne parlait que de sexe. Combien de fois, un peu pompette, avait-elle dit qu'elle se sentait en manque, avec un petit sourire complice vers sa sœur? Et vers lui qui n'y prêtait aucune attention. L'année d'avant, alors qu'ils étaient en vacances en Virginie, Laurie les avait rejoints sans son mari et elle avait partagé leur motel pendant quelques jours. Il n'avait pas oublié l'incident. En fait, il avait toujours connu les penchants pervers de sa belle-sœur. Elle n'avait pas manqué une seule occasion de se promener en petite tenue provocante. De sortir de la salle de bain toute nue en s'excusant faussement: « Oups! Je ne savais pas que tu étais là! » Une nuit, juste avant de tomber dans le sommeil, Vincent avait entendu de faibles gémissements de plaisir venant du lit de Laurie. Il avait vu les mouvements sous les draps. Elle se masturbait sans pudeur ! Un peu émoustillé, il est vrai, il s'était imaginé, mais un instant seulement, faisant la chose avec elle, ou avec les deux sœurs ensemble. Finalement, il avait repoussé vivement ces pensées, trop scandalisé par leur obscénité. Mais d'une manière qu'il ne s'était pas expliquée sur le moment, il était convaincu que sa belle-sœur était absolument consciente qu'il ne dormait pas et qu'il avait deviné son petit jeu. Sa femme aussi, fort probablement. Laurie se masturbait délibérément pour l'exciter. *Les* exciter ? Le lendemain, au lever, elle avait eu pour lui des regards de « je sais que tu sais que je sais… » qui l'avaient mis mal à l'aise pour une bonne partie de la journée.

Quelle part sa femme avait-elle eue dans ce manège ? « C'est elles qui auraient dû se sentir honteuses ! » dit-il tout haut dans son salon.

Deux ou trois jours plus tard, au retour d'une soirée assez alcoolisée dans les bars de la plage, les trois s'étaient jetés sur leurs lits pas mal éméchés. Distraitement, Laurie avait allumé la télé pour tomber sur un film porno. Deux femmes faisaient sans grande conviction une fellation à un type, leurs bouches allant et venant de chaque côté du pénis de l'homme assis, jambes écartées, sur un sofa.

« Wow, avait dit Laurie, montrant la télé, j'suis sûre qu'on ferait ça mieux qu'elles ! Ça te tenterait pas, le beau-frère ? J'pense que t'en as envie mais que t'oses pas ! »

Sa femme avait esquissé un bref mouvement vers lui, coquine, attendant visiblement une réponse. Puis, devant son silence embarrassé, elle avait haussé les épaules et avait répondu à sa place en direction de Laurie : « Voyons, Laurie, tu sais bien que mon mari est un désespérant honnête homme ! »

Ils avaient ri tous les trois à ce moment, mais Vincent avait maintenant la certitude que les deux femmes étaient tout à fait sérieuses, ce soir-là. Elles étaient même un peu déçues, sans doute. Vincent n'eut pas de difficulté à trouver dans sa mémoire d'autres moments troubles de ce genre, souvenirs qu'il avait sans cesse repoussés au fond de lui-même, comme celui qui ne veut pas entendre et qui fait le sourd. Après tout, ces occasions avaient été assez rares : finalement, il ne s'absentait que quelques jours par année, et sa femme l'accompagnait parfois. Et tout le monde sait que c'est le propre des fantasmes que de demeurer des fantasmes. Enfin. Sa femme ne travaillait pas : de cela aussi, Vincent avait toujours été absolument conscient, avec tout ce que cette disponibilité pouvait laisser supposer.

Il se souvint des conversations ambiguës qu'il interprétait maintenant dans un sens tout à fait différent. Il évoqua les absences et les retards inexpliqués de sa femme. Et ces « amies » avec qui elle passait de longs après-midi, voire des journées entières, et qu'il n'avait jamais rencontrées puisqu'elles n'étaient jamais venues à la maison. Et ces cadeaux déraisonnables qu'elle recevait à son anniversaire. Ces douches urgentes qu'elle prenait, à peine rentrée du « cinéma », avant de le rejoindre au lit ! Ces caresses surprenantes qu'elle lui prodiguait tout à coup et ces positions émoustillantes qu'elle lui proposait, quand il revenait de voyage d'affaires, prétextant les avoir trouvées dans des revues d'érotisme !

À plusieurs reprises, à cette époque de leur mariage, Vincent avait eu la conviction que sa femme lui cachait quelque chose. Ce n'était qu'une vague appréhension, bien entendu, mais il croyait que son instinct ne le trompait pas. Il la questionna, un soir, alors qu'ils étaient au lit, et lui confia son pressentiment.

« Tu es fou, lui avait-elle répondu sans broncher, je ne t'ai jamais trompé ! »

La rapidité avec laquelle elle lui avait répondu n'avait fait que renforcer ses soupçons. À coup sûr, quelque chose sonnait faux, mais il n'était pas allé plus loin dans ses questions, car sa femme avait alors entrepris de le caresser.

Il se rappela aussi le jour où, assis par terre dans la vieille usine, sa femme et lui étaient en train d'échanger de rares confidences. Elle lui avait raconté qu'elle fantasmait souvent de faire l'amour avec des inconnus. Plusieurs inconnus. Elle s'imaginait qu'elle se promenait sur une plage, complètement nue. Elle s'endormait à plat ventre sur une grande pierre plate, à l'ombre, en retrait dans une crique. Elle était réveillée par des voix, trois ou quatre, ce n'était pas clair dans son esprit, mais elle reconnaissait celle de Vincent parmi les autres. Les hommes s'émerveillaient ouvertement de sa beauté et commençaient à la caresser. Ils lui faisaient l'amour. Elle jouissait. Elle n'ouvrait pas les yeux une seule fois. Les hommes repartaient gaiement et elle feignait de se rendormir, comblée.

En se remémorant ce fantasme avoué, il revit le visage de sa femme alors qu'elle le lui racontait. Son sourire ambivalent à la fin du récit. Le triste sourire de quelqu'un qui attend timidement quelque chose en retour. Comme une incitation, une invite. Sur le coup, la confession de sa femme avait créé un émoi en lui, et un silence équivoque s'était installé. Après un long moment, sa femme s'était levée et avait dit simplement: « J'ai apporté un pique-nique. »

Il avait longtemps pris tout cela pour un jeu. Une manière badine qu'inventait sa femme pour raviver la flamme érotique dans leur couple. Jamais il n'avait été témoin de quoi que ce soit de franchement odieux. Celui qui faisait le sourd se doublait de celui qui faisait l'aveugle. Jusqu'à ce lundi.

S'il avait découvert un seul homme dans sa chambre, à son retour, lundi soir, Vincent aurait peut-être eu une réaction différente. Un homme supposait une relation normale, pour ainsi dire, difficile à encaisser, sans doute, mais supportable. À la limite, il aurait jeté l'intrus dehors ou il serait redescendu au rez-de-chaussée pour attendre, en être civilisé, une quelconque explication. Quand on trompe son mari, on le fait par insatisfaction. Ou par ennui. Pour se venger de la routine installée dans le couple. Par sentiment d'abandon, voire par simple curiosité. Beaucoup de ses collègues mariés et bons pères de famille avaient, au cours de leurs voyages d'affaires, des comportements sexuels qu'il réprouvait et qui ne lui auraient jamais effleuré l'esprit. En dehors de la maison, ils s'accordaient des libertés qui ne comptaient pas à leurs yeux, et jamais ils n'auraient admis qu'on doute de leur amour – et de leur fidélité – pour leurs épouses. C'était apparemment une conduite typique dans la culture du monde des affaires. Les femmes d'affaires qu'il connaissait étaient sûrement aussi sollicitées, loin de leur domicile, tandis que les femmes au foyer, elles, s'ennuyaient sans doute plus qu'elles ne le laissaient voir. Enfin, il le supposait.

Un homme dans le lit était peut-être le signe que sa femme était devenue amoureuse d'un autre. Même à cela il se serait résigné. Mais *deux*? *Deux* hommes signifiaient une orgie. Deux hommes et deux femmes?

Là, on nageait dans la débauche. La dépravation la plus évidente. Comment sa femme avait-elle pu glisser dans cet égarement ? C'est sûr que Laurie y avait été pour quelque chose. Mais sa femme ? C'était une très belle femme, il faut l'avouer. Très sexy. À cette pensée, Vincent rougit et la douleur de la trahison lui revint. Une femme très désirable. Dans les endroits publics, beaucoup d'hommes n'avaient d'yeux que pour elle, c'était certain. Même entre amis, parfois, Vincent avait noté à la dérobée des regards équivoques. Mais enfin, on ne trompe pas l'homme qu'on aime simplement parce que quelqu'un d'autre nous désire, c'est insensé !

Il passa le reste de la soirée à boire, à ressasser ses vieux souvenirs et à ruminer dans le noir des vengeances qu'il n'exécuterait jamais. À se maudire de n'avoir pas compris à temps. Il condamnait sa femme pour son attitude scandaleuse et, en même temps, il se haïssait lui-même de n'en avoir pas profité lui aussi. Partagé entre le dégoût et l'excitation, il tituba jusqu'à son lit et s'étendit. Il toucha son sexe dans un début d'érection mais ne parvint pas à jouir, malgré les fantasmes malsains et contradictoires qui lui venaient dans la brume de l'alcool. Il s'endormit finalement, recroquevillé au milieu du lit, en sanglotant comme un enfant.

DIMANCHE 20 OCTOBRE 2002

Il pleuvait. De son lit, dans la chambre d'amis qui était devenue la sienne, Vincent entendit le bruit de l'eau qui coulait du toit et allait frapper l'abreuvoir des oiseaux, plus bas, dans la cour. Imaginant une chute, une inondation, encore un peu ivre, il ouvrit les yeux et mit quelques secondes à reconnaître où il était. Il eut envie d'uriner. Il se leva en chancelant et enfila ses vêtements de la veille, entassés au pied du lit. Se traînant les pieds, il passa devant la bibliothèque. Il s'arrêta sur le seuil et regarda ses livres. Son trésor oublié depuis lundi. L'explication du tourment qui l'habitait depuis lors se tenait peut-être là, bien cachée au milieu de ces millions de pages. Un outil pour nettoyer tout ce gâchis ? Que faire ?

En temps et lieu, je trouverai bien, sinon, tous ces livres ne servent à rien, toute la littérature ne sert à rien !

Il continua son chemin à regret et se rendit aux toilettes.

Il déjeuna légèrement de toasts et de café et monta prendre une longue douche brûlante. Il retourna à la bibliothèque en automate, n'imaginant pas d'autre endroit pour penser à ce qu'il allait faire. Par où commencer ? Que chercher ?

Le téléphone sonna, le sortant de son abattement. Il décrocha.

« Allô, c'est moi ! C'est ta belle-sœur adorée ! T'es de retour ? »

Laurie, la dévergondée. La salope. L'instigatrice de son malheur. Vincent, encore sur le coup du cafard de la veille, faillit lui raccrocher au nez sans dire un mot. Quoi dire, de toute façon ? Il n'avait pas le temps d'élaborer quoi que ce soit.

« Oui, je suis revenu.

— J'ai appelé souvent.

— Je sais.

— Tu ne rappelles jamais ? »

Silence.

Autant porter un grand coup. Maintenant :

« Écoute, Laurie, il faut que je te dise, France est partie.

— Partie ? Où ça ?

— Elle m'a quitté.

— Comment ça, quitté ?!

— Partie, avec ses affaires. Les meubles de la chambre et tout. Il ne reste plus rien à elle dans la maison.

— Plus rien à elle… mais… depuis quand ?

— Elle n'était plus là quand je suis rentré de New York.

— Quitté ?! T'es malade ? Mais voyons… j'comprends pas… elle a jamais… c'est impossible… Elle a laissé un message ? Quelque chose ? (Silence) Enfin, on part pas comme ça, c'est ridicule. On avait rendez-vous lundi, je l'aurais su !

— Vous aviez rendez-vous ?

— Quoi ?

— Tu dis *on avait rendez-vous*…

— Oui… non. On devait se voir, c'est tout. Pourquoi France aurait-elle emporté toutes ses affaires ?

— Je n'en sais rien, que veux-tu que je te dise, j'imagine qu'elle ne veut pas revenir.

— Ça s'peut pas !

— …

— Et toi ? Comment tu vas ?

— Je ne sais pas. Mal…

— J'arrive !

— Nooon !… Non, non… J'aime mieux sortir d'ici, si ça ne te fait rien…

— J'te comprends. Pauvre toi. Tu dois être assommé. As-tu mangé ? On se retrouve au Van Houtte, OK ?

— OK. »

Vincent raccrocha. Il soupira. *Pas trop mal*, pensa-t-il, *mais le plus difficile est à venir*. Inquiet, il alla au garage, fit démarrer la voiture et prit la direction de Place Rosemère.

Dans le stationnement du centre commercial, sur une impulsion inattendue, il décida de jouer l'homme qui souffre plutôt que l'homme en colère. On pardonne tout à l'homme qui souffre, c'est la victime ; l'homme en colère est un homme dangereux.

Laurie était déjà attablée, inquiète. Elle se leva pour l'accueillir avec sympathie.

« Pauvre toi, t'as vraiment pas bonne mine ! »

Dès le début de leur conversation, Vincent avait trouvé sa belle-sœur sur ses gardes. Elle semblait entrer dans le jeu qu'il venait d'imposer, mais il était clair qu'elle en savait plus qu'elle ne voulait le montrer. Vincent posa ses questions sans insister, jouant le cocu inconscient et qui préfère le rester. Mieux valait ne pas trop gratter la surface des choses, ne pas lui offrir l'occasion de confirmer ses doutes. La laisser plutôt s'installer dans son mutisme coupable et assumer elle-même sa propre complicité dans la trahison de sa sœur. Lui n'avait jamais rien su : il n'avait donc rien fait. On ne fait pas disparaître sa femme sans motif ; on n'assassine pas des amants dont on ignore l'existence.

La conversation se déroula mieux qu'il ne l'avait appréhendé. Il la sentait terriblement inquiète. Un peu honteuse, même.

Tant mieux.

Vincent trouvait de plus en plus de plaisir à entretenir cette situation tendue, ce malaise. Il en était assez fier.

C'est comme à la Bourse, songea-t-il non sans ironie, *il faut savoir jusqu'où on peut se permettre d'aller ; jusqu'à quel moment attendre avant de porter un coup.*

« Tu as eu des nouvelles de France ? demanda-t-il prudemment.

— Non, aucune. »

Il fixa Laurie un court instant, juste assez pour qu'elle lui retourne son regard avec attention. Il ajouta :

« Je veux dire : as-tu des nouvelles d'elle que tu me caches ? Je sais qu'elle se confie beaucoup à toi. Je comprendrais, tu sais.

— Non, aucune.

— Qu'est-ce qui s'est passé durant mon absence à New York, selon toi ?

— À New York ?... Selon moi ? Qu'est-ce que tu veux dire par : *selon moi* ?

— Oui, selon toi. Dans les messages que tu as laissés sur la boîte vocale, tu dis *vous êtes pas drôles*...

— Ouais…

— Qui ça, *vous* ?

— Je l'sais pas. Je vois pas de quoi tu parles.

— Qui d'autre à part toi et France ?

— …

— Tu dis *je vous attends au bar*. Quel bar ?

— Quel bar ?

— Oui, quel bar ?

— Je sais pas, moi, quel bar. Je sors tous les soirs. Comment ça, quel bar ?! T'es drôle, toi !

— C'est *quoi* que tu as *manqué* ? »

Là-dessus, Laurie éclata en sanglots. Vincent comprit qu'il n'en tirerait rien de plus quand elle se reprit très vite comme pour arrêter ce flot de questions en les devançant :

« Écoute, je ne sais pas quoi te dire, moi. Je comprends rien à tout c'que tu racontes. Tu m'étourdis ! Pourquoi France est partie ? C'est insensé. J'vais appeler maman. Elle devrait venir bientôt à Rosemère, peut-être qu'elle est au courant de quelque chose.

— Ta mère ?

— Oui, maman. Je sais que c'est pas le grand amour entre vous deux, mais l'as-tu au moins appelée ?

— Appeler ta mère… Non, je… Je n'y ai pas pensé… »

Vincent s'en voulut. Il aurait dû prévoir ça. Il prit la main de Laurie. Elle s'attendrit. Il marquait un point. À travers ses sanglots, elle semblait contente que ses questions cessent.

« Si tu vois France, si elle t'appelle, au moindre signe dis-lui de me téléphoner. Elle ne peut pas me laisser comme ça sans m'expliquer pourquoi, sans me donner au moins une chance ! »

Ils se quittèrent après quelques bavardages tendus et Vincent rentra chez lui. Dans la voiture il réfléchit. La seule question qu'il n'avait pas osé poser était : « Sais-tu avec qui elle est partie ? » Il se félicitait maintenant de ne pas l'avoir fait. Que Laurie reste avec ses secrets derrière ses regards distants ! Qu'elle garde ses silences embarrassés sur les dernières allées et venues de sa sœur et sur son propre comportement. À bien y penser, dans l'esprit de Laurie, ses cachotteries entretenaient l'aveuglement de son beau-frère, et c'était très bien ainsi.

Malgré la confiance revenue, dès que Vincent franchit le seuil de la maison, sa solitude lui retomba dessus et il glissa assez rapidement dans l'angoisse. Il se versa un gin et se rendit à la bibliothèque pour chasser ces idées morbides. La vue de ses livres le consola et le rassura un peu. Ses bouquins avaient toujours été le rempart contre les soucis de toutes sortes. Sa consolation. Seraient-ils à la hauteur de ce qui lui arrivait ?

Il choisit un ouvrage au hasard et tomba sur un traité de mathématiques financières. Il regarda la table des matières sans grande conviction. Valeur actuelle nette, taux d'actualisation, taux de rentabilité interne, délais de récupération. Taux de profitabilité. Calcul de gain…

Inutile.

Il remit le livre à sa place et, sur une tablette plus basse, un album à reliure luxueuse en cuir attira son attention. Dessins et croquis de Michel-Ange.

Inapplicable.

Dieu sait ce qui allait lui arriver à l'avenir. Ses qualités de courtier prendraient lentement le dessus, il en était certain. Il avait l'habitude de l'analyse et la capacité de réagir promptement. Mais il s'agissait maintenant d'une tout autre affaire que d'achat et de vente d'actions. Ou d'art. Il se ressaisit finalement. Retrouva son courage. Il réfléchit.

Au fond, il y a d'un côté, les choses. Je peux m'oc-cuper des choses : je n'ai fait que ça cette semaine. Toute ma vie, en réalité, je n'ai fait que ça. Il semble bien que je n'aie pas fini.

Il y avait aussi les personnes. Sa belle-sœur Laurie : c'était sur la bonne voie pour l'instant. Mais il restait sa belle-mère, qui avait l'habitude de venir en ville une fois par mois, mon Dieu ! Il l'avait oubliée, celle-là, jusqu'à ce que Laurie en parle ; heureusement qu'elle n'était pas passée à la maison ces derniers jours. Mais ce n'était que partie remise. Une partie qu'il n'était pas sûr de gagner. Il y avait aussi les parents et amis, les relations de travail et d'affaires, les amies de France qui, sans exception, ne tarderaient pas à s'inquiéter de son absence. Avec les personnes, il ne se sentait pas du tout à la hauteur. Autant le dire clairement : il était incom-pétent, c'était l'évidence même.

Il passa la fin de ce dimanche assis à son bureau à ressasser les mêmes événements, les mêmes sou-venirs, les mêmes arguments. Il pleura à plusieurs reprises puis, l'alcool aidant, il se surprit à parler tout haut. Des propos incohérents. Il rit de sa sottise. Il griffonna au stylo sur le calepin devant lui jusqu'à ce que la feuille soit complètement remplie.

La fenêtre de la bibliothèque passa du gris pâle au gris foncé. Puis au noir.

Il se rendit à la chambre d'amis, complètement engourdi, et se coucha tout habillé. Il n'était même pas huit heures du soir.

Lundi 21 octobre 2002

Parthenais, huit heures du matin. Francis Pagliaro donnait une touche finale à une espèce d'ordre du jour informel qu'il griffonnait tous les lundis entre sept et huit heures. Il préparait ainsi la réunion hebdomadaire des policiers affectés aux différentes enquêtes dont il avait la charge. Un réajustement de l'affectation des tâches du personnel en dépendait. Son adjoint Martin Lortie l'avait salué en passant devant son bureau, quelques minutes plus tôt, puis il s'était dirigé vers son propre bureau.

Pagliaro avait de la difficulté à se concentrer, car il repassait sans cesse dans son esprit une pièce musicale entendue la veille en compagnie de sa femme Lisa au concert des Violons du Roy à la salle Wilfrid-Pelletier. Accompagnée par l'ensemble de Québec, Karina Gauvin avait chanté d'une façon sublime l'Offertoire en do majeur *Totus in corde langueo*, de Schubert. Pagliaro avait remis l'air sur sa chaîne audio plusieurs fois de suite en rentrant chez lui, l'enregistrement même de Karina Gauvin avec les Violons du Roy, jusqu'à ce que Lisa se pointe à la porte de son bureau en lui rappelant affectueusement : « Francis, t'es pas raisonnable, tu travailles demain, il est presque une heure du matin ! » À l'oreille du policier, la pièce de Schubert sonnait légèrement comme du Mozart, et pour vérifier son impression, il voulait consulter un ouvrage sur cette œuvre avant de se mettre au lit.

« Donne-moi encore deux minutes, chérie. »

Dix minutes plus tard, il trouvait enfin la référence qu'il cherchait dans le *Franz Schubert* de Brigitte Massin, brique de près de 1300 pages. L'auteure, lui donnant raison en partie, notait que l'allegretto avait un caractère et un style italiens. Ce n'était pas la première fois qu'une intuition de Pagliaro l'amenait à se confronter aux experts. Il referma le bouquin en songeant tout à coup qu'il serait intéressant d'apprendre à lire la musique. *La connaissance*, pensa-t-il, *ajoute toujours au plaisir.*

Avant d'entreprendre ses études à l'École nationale de police, le jeune Francis Pagliaro avait songé pendant un moment à s'inscrire en médecine. Ses résultats scolaires au cégep le lui permettaient. Il aimait l'aspect scientifique de la profession, qui était aussi un art, un savoir-faire, une pratique. Pour le peu qu'il en savait, grâce à des émissions de télévision, il appréciait également l'étape du diagnostic qui consistait, à sa manière, en un interrogatoire du malade qui souvent, comme le suspect appréhendé pour un crime, a tendance à répondre en ne disant pas tout, ou en présentant les choses sous un côté qu'il espère favorable à son égard. « Juste un petit verre de temps en temps, docteur… J'ai arrêté de fumer l'an passé, docteur… La petite est tombée dans l'escalier, docteur… »

La mort du meilleur ami de Pagliaro, fauché alors qu'il quittait le centre sportif par un conducteur dont l'alcootest démontrait trois fois la limite permise, avait remis en question la vocation de Pagliaro. Il s'était dit qu'il pourrait d'abord poursuivre sa formation de policier puis, plus tard, s'inscrire en médecine. *Et pourquoi pas la médecine légale, éventuellement ?* s'était-il dit à ce moment-là.

Naturellement, le métier de policier avait pris le dessus et Francis Pagliaro n'avait plus considéré d'autre sorte d'avenir pour lui-même.

Quelle belle fin de semaine ! se dit-il en essayant de se remettre au travail.

Francis et sa femme s'étaient baladés en voiture dans l'automne ensoleillé et Lisa avait pris des photos un peu partout sur leur parcours.

« Tu prends les mêmes chaque année ! s'était amusé Francis.

— Oui, pis après ? C'est toujours aussi beau ! »

Après un peu moins de vingt ans de vie commune, il en était toujours amoureux.

Les Cantons-de-l'Est étaient magnifiques. Le couple avait finalement décidé de ne pas rentrer à Montréal le samedi soir. Ils s'étaient plutôt arrêtés pour souper et dormir à Bromont. Une vraie fin de semaine rituelle parfaitement réussie.

Pagliaro chantonnait dans son bureau en terminant son ordre du jour quand Martin Lortie se pointa à sa porte.

« Je viens de rencontrer Gignac dans le corridor, dit Lortie. Tu sais, le policier municipal chargé de la recherche de la Saab de Samuel Readman sur le territoire de Montréal ?

— Et ?

— Toujours pas de découverte de la Saab rouge en sol québécois, selon lui.

— Il est venu ici juste pour te dire ça ?

— Non, il venait aussi consulter nos archives dans un dossier de vol de voiture. Il pense avoir affaire à un réseau. Il cherche des figures connues.

— As-tu autre chose ?

— Non. J'ai reçu un coup de fil de l'OPP vendredi : la Saab n'est pas en Ontario. Elle n'a pas été vue au poste frontalier des Mille Îles non plus. Les gars de l'Agence des services frontaliers du Canada ont regardé toutes les bandes vidéo de la journée de mercredi. Rien du tout. Ils m'ont appelé il y a dix minutes pour me le confirmer. »

Martin Lortie soupira.

« T'as pas l'air dans ton assiette, Martin, dit Pagliaro en invitant son adjoint à s'asseoir, d'un geste de la main.

— Depuis jeudi passé, j'ai interrogé tous les employés qui ont un contact direct avec la clientèle de l'Hôtel des Gouverneurs, dit Lortie. Ceux de jour comme ceux de nuit.

— Des résultats ?

— Readman s'est enregistré à l'hôtel le mercredi après-midi 9 octobre à cinq heures moins vingt et il a quitté sa chambre, la 1712, lundi matin, le 14 octobre, à onze heures. Il avait ses bagages avec lui et, après avoir réglé sa note, il est parti en direction du parking souterrain.

— Donc la Saab y était.

— Ça, c'est une autre chose… Readman n'a rien pris dans le minibar. Il n'a pas loué de film. Il n'a rien commandé au service aux chambres. Il est arrivé et reparti comme prévu dans sa réservation, c'est tout.

— Il n'a rien laissé dans sa chambre, documents, reçus, livres, dépliants touristiques ?

— Non.

— Et la Saab ? On a des images ?

— Non plus. La marque de la voiture et le numéro de la plaque ne sont pas indiqués sur sa facture. On sait juste qu'on lui a remis un carton pour le stationnement.

— C'est quoi ce carton ?

— Ça sert à ouvrir et fermer les portes automatiques. Le stationnement est prépayé, le carton est valide pour la durée du séjour du client jusqu'à six heures du soir le jour de son départ.

— Bon. Donc il est venu à Montréal avec sa voiture, mais on n'a aucun enregistrement de la chose. D'habitude on écrit le numéro d'immatriculation sur…

— Je sais, mais l'employé au comptoir a dit qu'il était débordé, le mercredi 9 octobre, le jour de l'arrivée de tous ces congressistes, et qu'il a sans doute oublié… Il est désolé.

— Nous aussi. Et les vidéos de surveillance du stationnement de l'hôtel ?

— On les a regardées. Six jours… Aucune trace de la Saab. Elle n'est jamais entrée ni sortie. Elle n'y est pas présentement non plus. Veux-tu me dire pourquoi il aurait pris un stationnement ailleurs s'il avait un carton de stationnement prépayé de l'hôtel ?

— Bonne question. À part ça, Martin, qu'est-ce que tu as ?

— D'après les souvenirs des employés de l'hôtel, on a vu Readman en compagnie de deux autres gars.

— Deux clients de l'hôtel ?

— Ça, on sait pas. Les employés connaissent pas tout le monde. En tout cas : un Québécois francophone et un étranger qui parlait anglais avec un accent européen. Probablement scandinave. Peux-tu reconnaître ça, toi, un gars qui parle anglais avec un accent scandinave ? Pour c'que ça veut dire… C'est tout c'qu'on sait. On les a vus ensemble dans le *lobby* de l'hôtel, des fois au bar et…

— Combien y avait-il de congressistes européens ? »

Martin Lortie consulta un document qu'il avait apporté avec lui.

« Attends un peu… Là, je l'ai: vingt et un en tout. J'ai vérifié ceux qui logeaient à l'Hôtel des Gouverneurs: seize.

— Et les cinq autres ?

— Dans cinq hôtels différents.

— Tu les as contactés ?

— Je suis rendu là.

— Combien de Québécois ?

— Plus de deux cents !

— Commence par les Européens. Y a-t-il des Sud-Américains, des Asiatiques ?

— Trente-cinq Chinois, un Brésilien, deux Argentins… Y avait même un Australien qui a passé la fin de semaine dans sa chambre, malade…

— Des citoyens américains ?

— Moins de cent.

— On va les laisser à la police américaine. Readman a-t-il communiqué avec des personnes à Montréal ?

— Pas de sa chambre, en tout cas. Aucun appel, même pas chez lui à Rochester. Il devait prendre son cell.

— Bon. C'est très bien. Continue…

— Veux-tu que je te parle de notre fraudeur à la carte Master Card ?

— Vas-y donc !

— J'ai passé mon vendredi à l'attendre au bureau de poste. Y s'est pas pointé. C'est l'histoire de ma vie de c'temps-là. Puis, en entrant au bureau samedi matin, j'ai reçu un appel de l'employé de Postes Canada. Le gars était complètement affolé. Il criait presque au téléphone: "Y est là vot' gars ! Y est là vot' gars !" Un vrai fou ! Je lui ai dit de retenir mon bonhomme autant que possible. Il m'a répondu qu'il avait inventé une histoire comme quoi un camion de livraison devait arriver d'une minute à l'autre et que monsieur avait juste à attendre un peu. J'ai traversé le pont sur deux roues pis je me suis rendu au bureau de poste à Longueuil.

— Alors?

— Notre client est en bas, il va comparaître cet après-midi. Je viens de tout expliquer au procureur. Il dit qu'il va s'arranger pour que le juge le garde en dedans le temps qu'on le cuisine un peu sur le réseau.

— C'est bien. On va aller lui parler juste après mon coup de fil à Rochester et notre réunion. »

Pagliaro prit le téléphone et composa le numéro du détective Raymond Mazerolle au Rochester Police Department.

◆

Vincent Morin se sentait étrangement bien. Il avait dormi quatorze heures d'affilée. Il éprouva ce plaisir fugace qu'il avait souvent connu au réveil, pendant les premières secondes du premier matin de vacances, quand il se rappelait subitement qu'il n'avait pas à se rendre au travail.

« Des vacances, voilà ce qu'il me faut! » s'exclama-t-il.

Il se leva d'un bond, s'aperçut qu'il était tout habillé et passa directement à la bibliothèque. Le soleil inondait la pièce et Vincent y vit un présage. Le beau temps était revenu! Dans tous les sens du mot. Il s'assit à sa table de travail, saisit le calepin devant lui, arracha la feuille noircie des scribouillages de la veille, la jeta au panier et, pour s'aider à se concentrer, il entreprit de rédiger une liste de choses à faire en commençant par appeler Simon au bureau et lui annoncer qu'il prenait un mois de vacances immédiatement.

Il réfléchit à voix haute, en transcrivant ses propos comme s'il se soumettait à une dictée :

« 1. Avouer à Simon que France m'a quitté, que je suis atterré, que j'ai besoin de vacances, de temps pour digérer la chose, bla, bla, bla…

2. Appeler ma belle-mère et lui annon… non… *m'enquérir* de France auprès d'elle. Voilà ! Laurie l'a sûrement appelée pour lui annoncer la nouvelle. Elle en sera sans doute réjouie, d'ailleurs.

3. Téléphoner aux amies de France et simuler le mari abandonné. L'ont-elles vue ? Lui ont-elles parlé depuis dimanche ? Savent-elles où elle est partie ? Avec qui ? Depuis quand tout cela se préparait-il ? Je suis malheureux, je ne suis pas fâché, et surtout pas enragé !

4. Trouver le moyen de m'assurer qu'il ne reste aucune trace des deux hommes dans cette maison. »

Le vide créé dans la chambre à l'étage lui pesait. À vrai dire, il se l'avouait enfin, cette pièce le terrorisait. À quelques reprises depuis deux ou trois jours, il avait entendu là-haut des craquements qui le glaçaient et le paralysaient d'effroi. Un peu plus il se serait mis à croire aux fantômes.

Quand on enlève des meubles qui sont en place depuis des années, pensa-t-il, *une fois leur poids supprimé, c'est comme si la maison reprenait ses droits. Le plancher se replace. Ça craque parfois.*

Le bon sens de Vincent lui était revenu, chaque fois, inévitablement, mais quand même…

Je vais perdre la raison. C'est peut-être déjà en train de se produire. Voilà pourquoi il me faut des vacances.

Il s'était passé des choses terribles là-haut, n'importe qui aurait pu en être traumatisé pour longtemps. Mais Vincent se rendait compte que son malaise face à la chambre venait aussi de sa conviction inexpliquée, une sorte d'intuition, qu'il subsistait des traces des deux hommes dans la maison.

Il regarda autour de lui. Il avait bien nettoyé la pièce du drame, et ici au rez-de-chaussée, les objets les plus voyants, les CD, les verres. Mais qui sait ? Peut-être restait-il une partie d'empreinte quelque part – il n'en fallait qu'une seule – qui prouverait la présence d'un des individus sur les lieux. Un cheveu dans le pli d'un fauteuil...

Un grand ménage s'imposait, un vrai grand ménage. Il revint à sa liste.

« 5. L'absence de France. »

Il faudra y réfléchir et trouver la solution au plus tôt. La fugue de ma femme ne convaincra personne plus de quelques jours, quelques semaines. Tout le monde sera sans aucune nouvelle d'elle. C'est inquiétant et inconcevable. Je devrai inévitablement dévoiler qu'elle ne m'a pas seulement quitté, c'est l'évidence même, mais qu'elle est introuvable, qu'elle a disparu, peut-être même victime de l'homme avec qui elle est partie. Tôt ou tard, je devrai aller à la police déclarer sa disparition.

« 6. Appeler Claude. »

Mon seul ami.

Vincent eut un moment de vertige au souvenir de Claude. Il remarqua soudainement à quel point il était vraiment seul. Il ne pouvait se confier à qui que ce soit. Même pas à son ami de toujours. Surtout pas à son ami, qui était avocat. L'amitié de Claude le ramenait à ce constat inévitable : Claude lui conseillerait de se rendre à la police immédiatement. Pas question. Surtout pas après tout ce qu'il avait fait depuis cette soirée maudite. S'il y avait pensé plus tôt, dès lundi soir, tout de suite après le drame, sans doute aurait-ce été encore possible. Les choses auraient pu se passer différemment. Trop tard maintenant. Il se rendait compte qu'il était déjà entré dans une autre phase. Une phase de couverture. L'étape de la « limitation des dommages ». Une opération de relations publiques, en quelque sorte.

Il était presque midi, Vincent se leva et déchira en petits morceaux la liste qu'il venait de terminer avant de prendre une douche, suivie d'un déjeuner. Il s'habilla et retourna à la bibliothèque passer méthodiquement les appels qu'il avait prévus dans son plan. À sept heures du soir, il avait parlé à plus de douze personnes, raconté autant de fois son malheur, quémandé de l'aide pour retrouver sa femme. Parents et amis étaient atterrés ou incrédules, mais tous avaient semblé sincères dans leur réconfort. La froideur habituelle de sa belle-mère avait transparu dans leur conversation téléphonique, tout comme sa fausse bonne volonté. La vieille chipie avait eu de la difficulté à cacher une certaine satisfaction, si bien que Vincent en vint à penser que France avait vraiment voulu le quitter. En raccrochant, il se mit à se moquer de sa propre réaction : *tout de même, c'est moi, le menteur ! Faut quand même pas charrier !*

Il rit.

Ses associés Lambert et Ross s'étaient montrés plus que bienveillants et lui avaient encore une fois réitéré leur sympathie. Vincent était assez fier de lui-même. Il passa la soirée devant la télé, hébété et éméché par les gins et le vin qu'il avait bus en guise de souper.

À onze heures, le téléphone sonna.

Claude.

Mis au courant par d'autres du départ de France, son ami l'appelait pour savoir comment il s'en tirait. L'ivresse évidente de Vincent convainquit Claude que son ami souffrait.

« Vincent, enfin ! À quoi servent les amis ? Tu aurais dû m'appeler, mon Dieu ! »

Justement, ça, non, il ne s'en était pas senti capable, et il avait sans cesse reporté cet appel à plus tard. Il pouvait mentir volontairement à tout le monde, mais pas à Claude. Il fut soulagé de voir que celui-ci avait appris la « nouvelle » par d'autres. Il se trouva moins coupable.

« Quand est-ce arrivé ?

— Je… je ne pourrais te dire… pendant mon absence de la semaine dernière.

— Déjà une semaine !? Mais enfin, Vincent, tu me vexes, je serais venu à ta rescousse immédiatement !

— J'avais espoir qu'elle revienne, je ne sais pas, je l'ai mal pris, j'avais honte… J'avais besoin d'être seul. »

Silence.

Vincent regretta sa dernière phrase et essaya de se rattraper.

« Je veux dire, je me suis senti si abandonné, tu sais… j'étais dans un état second… j'essayais de me débattre sans entrevoir de sortie.

— Je comprends. Écoute, il est tard et je pars demain très tôt avec un client pour Boston et je n'ai pas fini mes préparatifs, sinon je serais chez toi dans l'heure. Je reviens dans deux semaines. Faut qu'on se voie dès mon retour. OK ? Tu ne dois pas te laisser abattre comme ça ! »

Vincent concéda qu'il allait le rappeler deux semaines plus tard. Il raccrocha, perplexe. Il lui aurait fallu un guide pour savoir quoi dire à qui. Jusqu'où aller dans l'intimité sans dévoiler l'essentiel. Qui avait droit à quelle part de la vérité. Qui aurait le privilège de partager le secret.

Personne.

La réponse lui apparaissait dans sa cruelle évidence.

Vincent chassa ces idées et sourit à l'idée que le *Petit Manuel du crime parfait* ou *L'Assassinat pour les nuls* n'existaient pas et qu'il pourrait aussi bien les écrire lui-même. Il lui fallait maintenant tout inventer, improviser, effectuer des choix, prendre des décisions. Ne pas se tromper. Réussir.

MARDI 22 OCTOBRE 2002

Ce qui tourmentait encore et toujours Vincent Morin ce mardi matin, c'était l'insoluble question de traces possibles des deux hommes dans la maison. Mille fois, il en avait fait le tour, du garage à la chambre, du sous-sol au salon, cherchant un indice ou une marque suspecte ; tout signe invisible pour le premier venu mais qui sauterait immédiatement aux yeux d'un policier. Il ne voyait rien, ce qui le rendait d'autant plus inquiet. Après trois heures d'une méticuleuse perquisition, il renonça, à contre-cœur, et il abandonna sa quête. Il se réfugia dans la bibliothèque. Encore une fois, il s'apaisa à la vue de ses livres, ragaillardi par sa résolution de s'y consacrer dès qu'il aurait passé cette période difficile. Pénible.

Mais l'apaisement fut de courte durée. Il frissonna devant ces rangées formant tout à coup une véritable palissade de livres à ses yeux. Autant de bouquins, autant de portes fermées, autant de bouches closes, autant de secrets bien gardés. La solution, si elle existait, était ailleurs.

En silence dans cette bibliothèque devenue dorénavant hostile, après quelques minutes de rémittence pendant lesquelles son cœur balança entre espoir et abattement, il se résigna enfin à refaire un dernier tour de la maison. Cette fois, ce serait *vraiment* le dernier. Il apporterait la touche finale à son opération ; une idée qui s'était forgée petit à petit dans son esprit depuis plusieurs jours : récupérer et faire disparaître tous les objets personnels de France, ceux dont elle ne se serait jamais séparée en le quittant.

Il alla au sous-sol chercher plusieurs sacs de voyage pour y mettre ces articles afin de s'en débarrasser. Il remonta à l'étage et dressa l'inventaire méthodique de chaque pièce. L'entrain le reprit avec le travail. À la fin de l'après-midi, tous les vêtements, toutes les chaussures et tous les bijoux de sa femme se retrouvèrent dans six bagages de toile et deux grandes valises, de même que les accessoires de sport, les bibelots et les souvenirs personnels auxquels elle tenait. Les parfums et les produits d'hygiène féminine et de beauté y étaient également, accompagnés des nettoyants pour tissus délicats. Le fer à repasser, le petit appareil de télévision dix pouces qu'elle avait acheté avec Laurie pour la cuisine et quelques chaudrons choisis au hasard furent placés dans des boîtes de carton anonymes. Le départ de sa femme devait passer pour un déménagement. Vincent ne commit pas l'erreur de garder pour lui un seul objet en souvenir.

Mercredi 23 octobre 2002

À trois heures du matin, Vincent Morin prit la direction des conteneurs à déchets de la Place Rosemère avec son triste butin ; chaque sac, chaque boîte et chaque valise soigneusement cachés dans un grand sac à ordures. Son retour à la maison se passa sans anicroche.

La routine, en quelque sorte.

Il rentra chez lui exténué et vide, mais une chose lui restait à accomplir. Un geste irrévocable, sorte de quitte ou double qui s'imposait à son esprit. Il monta à l'étage et s'assit sur le plancher de la chambre, la bibliothèque étant devenue pour lui un lieu inutile. Il récapitula en lui-même toute l'histoire qu'il avait échafaudée depuis la veille. Puis il essaya à haute voix quelques variantes de son mensonge. Quand il eut trouvé l'intonation qui lui sembla parfaite, il redescendit résolu au rez-de-chaussée. Sur son bureau, il saisit le téléphone, le cœur serré, et il composa un numéro qui était inscrit sur une feuille posée devant lui. Après qu'une voix d'homme eut répondu : « Régie intermunicipale de police Thérèse-De Blainville, comment puis-je vous aider ? », il dit :

« Je veux signaler la disparition de ma femme. »

◆

Dans les minutes qui suivirent, deux enquêteurs se rendirent chez Vincent Morin pour commencer l'enquête sur la disparition de France. Une fois sur les lieux, ils furent étonnés de la candeur de Vincent quand celui-ci leur demanda de l'aider à trouver des indices dans la maison qui auraient pu expliquer la fugue de sa femme et à découvrir l'identité de l'amant. L'homme avait déclaré une disparition, mais il parlait maintenant de désertion. Les policiers se regardèrent, médusés.

« Montrez-moi la chambre », se contenta de dire l'enquêteur Réjean Potvin.

Après avoir fait le tour du rez-de-chaussée, ils montèrent tous les trois à l'étage et les policiers examinèrent la chambre vide.

Vincent avait pris le temps d'y installer un grand tapis qui couvrait une bonne partie du plancher neuf. Il avait empilé à quelques endroits des livres et des journaux dans une mise en scène qui imitait à la perfection, du moins lui semblait-il, l'état d'une pièce de laquelle on a simplement enlevé le mobilier. Il s'était même donné la peine de prélever de la mousse sous le lit de la chambre d'amis et d'en parsemer la place même où aurait dû se trouver le lit conjugal.

L'enquêteur Potvin pénétra dans le *walk-in*. Des vêtements masculins étaient suspendus à la barre de gauche, tandis que celle de droite ne retenait que quelques cintres vides. Par terre, que des chaussures d'homme. Le policier ressortit du garde-robe en faisant une grimace discrète à l'intention de son adjoint, Gilles Frégault.

« Où votre épouse garde-t-elle ses vêtements, monsieur Morin ? »

Vincent baissa les yeux et secoua la tête. Son geste fut absolument spontané et sincère. Il ne s'était tout simplement pas attendu à une constatation aussi rapide de la part des policiers.

« Je crois bien qu'ils ne sont plus là…

— Vous *croyez* bien…

— Non. Ils ne sont plus là.

— Et les meubles non plus…

— … et les meubles non plus.

— Il manque autre chose ?

— Ses objets personnels.

— Depuis quand ces objets sont-ils manquants ?

— Ils n'étaient plus là à mon retour de New York.

— Quand êtes-vous revenu ?

— Je suis revenu… mardi.

— Hier ?

— Non, mardi passé, le 15…

— Mardi passé !? Mais ça fait huit jours de ça ! Et vous ne déclarez son absence qu'aujourd'hui ?

— J'espérais qu'elle revienne. Mais là, je pense qu'elle a disparu, y a pas de doute… »

Vincent sentit la chaleur monter en lui. Il devait avoir le visage tout rouge de honte et de surprise. « Mardi passé. » Un autre mensonge aux forces de l'ordre que l'on pourrait découvrir assez vite. Dire la vérité, avouer qu'il était revenu le lundi, en avance, n'aurait rien changé au fait qu'il était trop tard maintenant. Il détourna les yeux, espérant échapper au regard inquisiteur du policier fixé sur lui. Potvin s'approcha de Vincent Morin, si près qu'il pouvait sentir son haleine.

« Qu'est-ce qui se passe, monsieur Morin ?

— Qu'est-ce qui se passe ?

— Oui, qu'est-ce qui se passe ici ? Votre femme a *disparu* en même temps que ses vêtements et les meubles de la chambre à coucher. Et vous nous appelez en pleine nuit, une semaine plus tard ? Expliquez-moi ça !

— Y a pas grand-chose à expliquer. Quand je suis revenu de New York, ma femme avait disparu. Enfin, elle n'était plus là. J'espérais…

— Vous espériez… C'est la première fois qu'elle *disparaît* comme ça ?

— Oui.

— Vous vous êtes chicanés ?

— Non. Pas du tout. On ne se chicane jamais…

— Elle a laissé un message, une lettre ?

— Non. »

Potvin regarda son collègue Frégault, qui haussa les épaules. Il revint vers Vincent Morin et le fixa sans dire un mot. Il laissa filer plusieurs longues secondes avant de reprendre :

« Bon, nous allons enregistrer votre déclaration et ouvrir un dossier en bonne et due forme, mais je serai franc avec vous et je vous dirai que, dans toute ma carrière de policier, j'ai rarement vu des dames *disparaître* avec toutes leurs affaires. Je vais vous dire ce qu'elles font plutôt : elles nous quittent. »

Le policier attendit quelques secondes encore, les yeux rivés à ceux de Vincent Morin, pour vérifier l'effet de ces dernières paroles. Devant l'absence de réaction de Vincent, il reprit sans détour :

« Ça m'a tout l'air d'un abandon de domicile conjugal. »

Vincent demeurait impassible, à part une gêne embarrassée, le regard fuyant. Potvin était perplexe.

Ce type n'a vraiment aucune émotion. Ou il sait comment ne pas la montrer.

Après avoir noté la description de France et demandé une photo d'elle, les deux policiers s'apprêtèrent à quitter la maison.

« Je vous laisse ma carte, monsieur Morin. »

L'enquêteur Potvin tendit sa carte professionnelle à Vincent et attendit quelques instants encore une réplique qui ne vint pas.

Les deux policiers retournèrent au poste pour enclencher les opérations de routine dans une affaire de disparition. Dans la voiture de patrouille, Frégault se sentait visiblement mal à l'aise et il malmenait son calepin en maugréant, révisant les notes qu'il avait prises.

« Qu'est-ce que t'as, Gilles, qu'est-ce qui te tracasse?

— Je trouve que tu y es allé un peu fort avec le type, Réjean.

— Fort? Ça se peut, mais j'le sens pas, ce gars-là. Il est pas net, et j'me demande à quoi il joue. »

L'enquêteur Réjean Potvin regarda sa montre : onze heures du matin. Il venait à peine de rentrer chez lui après son quart de travail prolongé et voilà que son bipeur vibrait déjà à sa hanche : un appel en provenance du poste de la Régie intermunicipale de police Thérèse-De Blainville. Le code indiquait de rappeler d'urgence à la réception. Avait-il vraiment le choix? Il jeta un coup d'œil courroucé à sa femme, Jeanne, qui préparait le repas de midi tandis que la télévision était allumée et transmettait en sourdine les nouvelles à RDI. Elle haussa les épaules avec un sourire résigné.

Potvin prit le temps de s'asseoir à la table de la cuisine et il composa le numéro du poste sur son cellulaire. À sa droite, sa fillette de dix-huit mois était installée dans sa chaise haute et grignotait quelque chose en attendant son assiette. Potvin allongea son bras libre et caressa la chevelure de l'enfant. De sa main collante de biscottes, la petite pressa délicatement celle de son père contre son oreille en inclinant la tête. « T'aime », gazouilla-t-elle. Il sourit.

L'enquêteur obtint la communication.

« Réjean ! dit le réceptionniste. Désolé de te relancer chez toi, mais j'ai une dame ici, Laurie Verret, qui veut rencontrer un policier. Elle dit que sa sœur a disparu, ou qu'elle est en fugue, ou quelque chose du genre, c'est pas clair. Pendant que je la faisais patienter, j'ai vérifié : il s'agit de France Verret, la même France Verret qui a été portée disparue par son mari, Vincent Morin, cette nuit. Sa sœur dit qu'elle a des informations… Alors j'ai pensé t'appeler…

— T'as bien fait. Installe-la dans la salle d'interrogatoire mais laisse la porte ouverte. J'arrive ! »

Potvin était au poste de police de la Grande-Allée cinq minutes plus tard. Il avait quitté la maison le cœur gros, mais il était en même temps excité à l'idée de la coïncidence que représentaient deux individus déclarant la disparition de la même personne dans la même journée. La femme était-elle de mèche avec Vincent Morin ? Qu'est-ce que tout ça signifiait ?

Arrivé au poste, il se rendit rapidement dans la pièce attenante à la salle d'interrogatoire, d'où il pouvait observer Laurie Verret sans être vu grâce à un miroir sans tain. Il prit une bonne minute pour examiner le témoin, question de se faire une idée de son état d'esprit avant de la rencontrer.

Laurie était assise, nerveuse. Elle bougeait beaucoup sur sa chaise inconfortable, ignorant que les chaises des salles d'interrogatoire étaient choisies pour ça. Depuis son arrivée, l'attente qui lui était imposée aggravait de minute en minute son sentiment de culpabilité. Et sa honte. À deux ou trois reprises, elle avait failli fuir le poste de police. Elle pensa aux conséquences que l'aveu qu'elle s'apprêtait à faire pouvait avoir sur l'avenir de son couple.

À trente ans à peine, elle était déjà mariée depuis dix ans à un courtier en immeubles très en demande. Très habile et très absent. Il avait comme clientèle des gens qui possédaient des propriétés de trois millions de dollars et plus. Un peu partout au Québec. Nul doute, dans l'esprit de Laurie, que son mari était très souvent *retenu* par des clientes exigeantes. Exigeantes, c'est-à-dire esseulées. Accaparantes, à savoir: éplorées et implorantes. Les incartades de Laurie n'étaient à son avis qu'une forme de douce vengeance, une réparation de son propre abandon. Son mari n'avait que ce qu'il méritait, après tout. Mais, dans la salle d'interrogatoire, l'inquiétude de Laurie était plus grande que sa conscience d'avoir mal agi et d'être obligée de l'avouer. Il s'agissait de France, après tout. Et sa disparition, ou sa fugue, était incompréhensible. Inconcevable. Irrecevable. S'il était arrivé malheur à sa sœur, rien ne pourrait la consoler. Au diable si son mari apprenait quoi que ce soit sur leurs sorties entre filles. Elle trouverait bien quelque chose, une explication, enfin… France pourrait aussi réapparaître tout simplement après quelques jours d'escapade. Elle s'accrocha à cette idée.

L'enquêteur se composa une attitude et entra dans la salle. Il se présenta, mais il ne lui dit pas qu'il était déjà chargé de l'affaire. Laurie se détendit un peu à la vue de ce policier souriant et affable. Bel homme. Très viril. Les policiers ne le sont-ils pas tous ? Elle regarda sa main gauche et vit qu'il portait une alliance.

Elle haussa les épaules malgré elle et reprit courage. Elle sembla tout à coup plus déterminée. Potvin s'en félicita.

« Dites-moi ce qui vous amène, commença-t-il sur un ton neutre.

— Ma sœur France et moi, on avait rendez-vous, mais j'ai pas pu la joindre et quand j'ai su quasiment six jours plus tard que…

— Attendez, attendez ! Pas si vite. Allez-y par ordre chronologique, on a tout notre temps. Vous aviez rendez-vous où ? Et quand ?

— Au bar Le Sextase. »

Laurie baissa les yeux, l'émotion fut trop vive et les larmes qu'elle avait retenues jusque-là jaillirent, incontrôlables.

« Je connais ce bar, dit Potvin avec douceur, ça va bien, ne vous inquiétez pas.

— C'est un bar de danseuses.

— Je sais, c'est sur le boulevard Dagenais, à Laval.

— C'est ça. »

Le policier se retourna et il ouvrit avec sa clé un tiroir du classeur derrière lui. Il sortit une boîte de Kleenex, qu'il tendit à Laurie avec un sourire.

« Merci.

— Vous aviez rendez-vous quel jour ?

— Lundi dernier. Pas avant-hier, l'autre lundi.

— Le 14.

— Oui.

— À quelle heure aviez-vous rendez-vous ?

— À six heures et demie.

— Continuez.

— France a rencontré des gars. Elle a dit qu'ils étaient en congrès à Montréal ou à Laval. J'me rappelle plus. Elle voulait que je les rejoigne au Sextase et qu'après on aille quelque part…

— Quelque part?

— Ben, ailleurs qu'au Sextase… »

Les pleurs reprirent de plus belle et Potvin dut patienter un bon moment avant de pouvoir poursuivre l'interview. Pour la détendre, il offrit à boire à Laurie.

« Aimeriez-vous un café, une boisson gazeuse, de l'eau?

— Un Seven-Up diète, si vous en avez. »

Quand l'enquêteur revint à la salle d'interrogatoire avec la boisson gazeuse, Laurie se tenait debout devant la glace sans tain et elle essuyait ses yeux barbouillés.

« J'ai des Kleenex, mais il reste plus de démaquillant », lui dit Potvin en souriant. Laurie lui renvoya son sourire. Elle s'était détendue.

« Vous êtes fin, merci.

— Où deviez-vous aller après le Sextase?

— J'sais pas. Un motel, genre, j'sais pas… J'ai manqué le rendez-vous.

— Manqué?

— J'me suis rendue au bar, mais ils étaient pas là. J'ai pensé qu'ils étaient peut-être sortis fumer dehors ou aux toilettes. »

Elle baissa la voix.

« Ma sœur fume du pot, des fois… J'suis allée voir dehors: ils étaient pas là. Aux toilettes: personne. J'ai attendu un peu pis j'ai téléphoné à France.

— Chez elle?

— Oui, à son numéro chez elle. J'ai laissé des messages. Deux ou trois. J'sais pas. À la fin, j'me suis tannée pis j'ai rentré à maison.

— À quelle heure vous avez quitté le bar ?

— Vers sept heures et demie.

— Est-ce qu'elle vous a rappelée ?

— Non, justement. Même que je l'ai rappelée le lendemain. C'était pas normal qu'elle me rappelle pas.

— Avez-vous eu un contact avec elle depuis ?

— Non. Je ne l'ai pas revue depuis ce temps-là. » Laurie éclata en sanglots.

« C'est sûr qu'il lui est arrivé quelque chose ! ajouta-t-elle entre les hoquets. C'est pas normal. Vincent dit que…

— Vincent ?

— Vincent, c'est son mari. Il dit qu'elle l'a quitté. Ça s'peut pas !

— Votre beau-frère est-il au courant de…

— Y sait pas que je suis ici. Mon mari non plus. » Elle regarda l'enquêteur d'un air suppliant.

« C'est bon. Ne vous inquiétez pas. France ne vous a jamais parlé de laisser son mari ?

— Jamais ! Jamais ! Non… Pourquoi elle ferait ça ?

— Est-ce qu'ils se chicanent ?

— Non. C'est un couple un peu plate. Pas mal plate, même…

— Il est au courant pour les escapades de sa femme ?

— Seigneur ! Non ! Y faudrait pas… Lui, y est *square* comme ça s'peut pas. Mais c'est pas un mauvais gars.

— Et elle ?

— Elle ? Quoi, elle ?

— Elle sort avec des hommes…

— Ouais, mais c'est juste pour s'amuser.

— Et vous l'accompagnez parfois…

— Ben là… oui. Des fois, oui, c'est vrai. Mais on fait rien de mal.

— Elle a un amant, selon vous ?

— Quoi, selon moi ?

— Pensez-vous… À votre avis, savez-vous si elle a un *chum* ?

— Un *chum steady* ? Jamais de la vie. Elle sort, elle se désennuie, mais ça compte pas…

— Donc, vous ne savez pas si elle aurait pu partir avec un de ces hommes.

— Partir ? Qu'est-ce que vous voulez dire ?…

— Je veux dire quitter son mari avec un de ces hommes.

— Les hommes du bar ?

— Oui.

— J'les ai pas vus pis j'pense qu'elle les connaissait pas elle non plus avant lundi dernier.

— Bon, je vois. Une dernière question : y a-t-il d'autres… d'autres aventures, disons, dont vous pouvez me parler ?

— D'autres aventures ? Quel genre d'aventures ?

— D'autres rencontres avec d'autres hommes que vous connaissez. Avec qui votre sœur aurait pu partir ? Ou qui auraient pu être désagréables avec elle ? Ou lui faire du mal ?

— Du mal ?! Non ! C'est pas des gens qu'on connaît. La plupart du temps, c'est des gars de passage. Y veulent juste s'amuser eux autres aussi. On les revoit pas et c'est parfait de même ! »

Elle soupira, les yeux baissés.

« Mon Dieu ! On fait rien de mal… »

L'enquêteur Potvin regarda sa montre discrètement. Il ne tirerait rien de plus de ce témoin pour l'instant. Il prit ses coordonnées et lui donna sa carte professionnelle.

« C'que j'vous ai dit va vous aider à la retrouver ? demanda Laurie.

— On va enquêter. Je vous rappelle quand j'ai du nouveau. Merci d'être venue. »

À quatre heures de l'après-midi, l'enquêteur Réjean Potvin et son adjoint Gilles Frégault se rendirent au bar Le Sextase. Ils n'avaient pas dormi ni un ni l'autre depuis la veille, et quand le barman leur demanda ce qu'ils voulaient boire, les deux hommes se regardèrent en souriant.

Frégault montra sa plaque au barman. « On va juste prendre deux Coke, merci. »

Potvin reconnut immédiatement le barman. L'homme portait des tatouages sur les deux avant-bras. Les phalanges de ses deux mains étaient aussi tatouées et l'enquêteur ne prit même pas la peine d'essayer de lire les caractères en lettres capitales. Il se rappelait parfaitement le dossier du voyou. Tentative de meurtre, vol avec voies de fait, participation à un complot d'extorsion et autres activités tout aussi sympathiques et lucratives.

Réjean Potvin demanda à parler à la serveuse qui travaillait au Sextase le soir du 14 octobre. Par chance, elle était sur le plancher. Le barman l'appela en lui faisant un signe de la main.

« Jennie ! »

La femme leva les yeux une seconde et finit de servir deux clients bruyants, déjà pas mal éméchés en cette fin d'après-midi. Elle se dirigea vers les enquêteurs. Son sourire disparut quand elle devina à leur allure que les deux hommes étaient de la police.

Elle ne se souvenait pas particulièrement d'une femme de trente-cinq ans, cent vingt livres, cheveux courts, auburn, yeux bruns, accompagnée ou non d'hommes le soir du lundi 14 octobre dernier et qui avaient quitté le bar avant six heures et demie.

« Vous savez, ici, des hommes, des femmes, ça entre, ça sort, accompagnés, pas accompagnés... Pis c'est presque toujours plein, ici, surtout à c't'heure-là. »

L'allure nonchalante et vulgaire de la serveuse et le visage peu amène du barman convainquirent les agents du cul-de-sac que leur opération représentait. Toutefois, ils devaient retenir la possibilité que la femme soit partie avec un de ces hommes rencontrés ce soir-là. Une hypothèse comme une autre jusqu'à preuve du contraire. Mais de là, pour France Verret, à déménager en aussi peu de temps ? Non. Peu plausible. Pas avec toutes ses affaires. Si elle avait déguerpi avec les meubles de la chambre et tous ses objets personnels, cela excluait une disparition inopinée ; elle avait sans doute déserté la maison avant ce lundi soir 14 octobre.

« Tu veux mon avis, Réjean ? lança Frégault en quittant le bar Le Sextase. La dame est partie volontairement. Et son coup était prémédité. Pendant l'absence de son mari à New York.

— C'est bien ce que je pense aussi. Mais sans en parler à sa sœur ?

— Ouais...

— Quand même, tu vas vérifier si elle a requis les services d'un déménageur, ou si elle a loué une camionnette à son nom pour cette période. Vérifie aussi si ses cartes de crédit ont été utilisées depuis le lundi 14 octobre. »

Dans les faits, les enquêteurs avaient le sentiment d'être en présence d'un cas de désertion tout simple.

Fugue inexpliquée, voire bizarre, vu la mystérieuse disparition du mobilier, mais absence très probablement intentionnelle. Ils en avaient vu d'autres. Dans leur esprit, il s'agissait d'une banale affaire d'adultère qui avait tout simplement réussi.

JEUDI 24 OCTOBRE 2002

La nuit de sommeil avait été bien méritée pour l'enquêteur Potvin. Il passa la journée de jeudi à mener son enquête de routine sur France Verret et Vincent Morin. Rien les concernant : aucun anté- cédent judiciaire, aucune plainte pour tapage ni pour querelle avec des voisins. Pas de conduite en état d'ivresse. Pas de contraventions impayées. Aucune action au privé intentée contre elle ou lui. Lors de sa visite chez Morin, dans la nuit du mercredi au jeudi, l'enquêteur n'avait pas remarqué de traces de violence au domicile du couple. Pas de bris de mobilier, pas de murs esquintés ni de taches sus- pectes. Il faut dire que, pendant la semaine qui venait de passer, Morin avait eu le loisir de tout replacer dans la maison sans que rien ne paraisse dans le cas où il y aurait eu une altercation entre les époux, une lutte. Ou un meurtre. Cependant, le policier n'avait pas vu d'indice laissant croire qu'on ait repeint une pièce ou réparé quoi que ce soit. Rien d'évident.

Morin lui-même ne portait pas de marques. Les femmes qui se défendent attaquent la plupart du temps le visage et les bras de l'agresseur avec leurs ongles, et même leurs dents. L'assaillant se blesse aussi souvent lui-même pendant la lutte. Or, Vincent Morin n'avait pas de blessure visible. Aucune ecchymose. Par ailleurs, aucun hôpital sur le territoire de Montréal n'avait accueilli de victime non identifiée correspondant à la description de France Verret. Restait à rencontrer la famille et les proches de la femme. Encore quelques jours de travail. Pour l'instant, Réjean Potvin devait retourner chez Vincent Morin pour lui poser quelques questions supplémentaires suscitées par sa rencontre avec la sœur de la disparue. Ce qu'il fit en fin d'après-midi.

« Vous nous avez demandé hier de vous aider à découvrir avec qui votre épouse aurait pu partir, n'est-ce pas ?

— Euh, oui… C'est vrai, j'avoue que j'étais désespéré. C'est un peu naïf de ma part, je dois le dire.

— Excusez ma question, mais il faut que je la pose : est-ce que ça signifie que vous êtes au courant que votre femme a des aventures extra-conjugales de façon régulière ?

— J'y ai déjà pensé, oui. Des intuitions. Mais je n'en ai jamais eu la preuve.

— Et si je vous disais que nous avons un témoin qui déclare qu'elle a rencontré quelqu'un le soir du 14 octobre ? dans un bar à Laval ?

— Un témoin ? Je ne vois pas…

— Vous n'étiez pas au courant ?

— Non. Et je n'étais pas ici le 14 au soir, j'étais à New York.

— C'est vrai, vous n'êtes revenu que le lendemain. »

L'homme s'en tirait bien, songea l'enquêteur. Ou il disait simplement la vérité. Par ailleurs, la piste des individus rencontrés au Sextase s'était éteinte.

« Nous avons fait des vérifications, monsieur Morin, et nous continuons notre enquête, le dossier restera ouvert. Mais tout semble indiquer à première vue que votre femme est partie délibérément. Je suis sincèrement désolé pour vous, mon vieux, et je comprends votre douleur, mais on vit dans un pays libre et nul n'est tenu par la loi d'avertir qui que ce soit, pas même le principal intéressé, de sa décision d'abandonner le nid conjugal. »

Vincent Morin demeura de marbre.

« Il n'y a aucun indice qu'un crime ait été commis, continua le policier. J'ai agi à l'intérieur des limites permises par la loi. Ce n'est pas le rôle de la police de pousser plus loin des enquêtes sur la vie privée des gens. Vous feriez mieux de vous adresser à un détective privé pour retrouver votre épouse. »

Vincent avait regardé bizarrement l'enquêteur lorsqu'il lui avait proposé cela, et le policier, se méprenant sur la signification de la mimique de Vincent, avait poursuivi :

« Je connais quelques policiers à la retraite qui pourraient se charger de votre affaire. Ils sont efficaces et discrets. Vous n'avez qu'à m'appeler quand votre décision sera prise. Prenez le temps d'y réfléchir. »

Le policier laissa sa carte professionnelle à Vincent et prit congé. Dans la voiture de patrouille banalisée, il s'assit au volant et regarda Vincent Morin qui lui adressait un dernier au revoir avant de refermer la porte de la maison. Il lui renvoya un petit signe poli en retour et songea que l'homme n'avait jamais pleuré en sa présence. Il n'avait jamais démontré

de détresse, de chagrin ni de colère envers son
épouse *disparue*.

◆

Maintenant invisible de la rue, dans le vestibule
sombre de sa demeure, Vincent Morin se tenait
appuyé à la porte verrouillée, serrant la poignée à
deux mains derrière son dos. Ses jointures étaient
blanches sous l'effort. Il laissa échapper un soupir
longtemps réprimé. Il avait réussi.

II

LE SECRET

Le détective Raymond Mazerolle obtint enfin une réponse chez l'opticien Spence de Watertown à sept heures du matin le lundi 28 octobre. Ce n'était pas celle qu'il avait souhaitée.

Au téléphone, l'ami de Samuel Readman expliqua au détective que Readman était arrivé à son commerce le mercredi 9 octobre vers onze heures. Comme convenu dans une conversation téléphonique le matin même, les deux hommes devaient aller prendre le lunch au Steak House japonais habituel, mais Readman était préoccupé par le comportement routier de sa nouvelle Saab. Avec à peine quatre cents milles au compteur, la voiture flambant neuve éprouvait des problèmes de direction. Craignant d'aggraver la chose ou de tomber carrément en panne sur l'autoroute, sinon d'avoir un accident, Readman avait demandé à son ami s'il pouvait lui confier la Saab pour la semaine, il s'en occuperait lui-même à son retour du congrès de Montréal.

« Je lui ai dit : "Pas de problème, Sam, prends ma voiture, si ça peut te dépanner. C'est la moindre des choses, et continue ton voyage en paix."

— Quelle sorte de véhicule possédez-vous ?

— Une Cadillac DeVille. Comme je partais en vacances deux jours plus tard avec ma femme, qui est aussi ma seule collaboratrice au commerce, nous savions que nous prendrions sa voiture pour nous rendre en Floride. Elle est décapotable. Pas ma femme, la voiture…

— …

— Quand nous sommes revenus chez nous tard hier soir, j'ai vu que Samuel n'était pas passé reprendre la Saab, qu'on avait mise au garage, et que la Caddy n'était pas là. Je me proposais de téléphoner à mon ami dès ce matin, mais là, vous m'avez appelé. »

Ray Mazerolle remercia l'homme. Il lui demanda des précisions sur la Cadillac. Pour la suite des choses, il le tiendrait au courant des développements. Aussitôt après avoir raccroché, il appela Francis Pagliaro à la Sûreté du Québec.

◆

« *Back to square one*, Francis ! Oublie la Saab, on regarde maintenant pour une Cadillac DeVille noire, 2001, intérieur en cuir rouge, immatriculée : New York State/SPE 101.

— Et pourquoi donc ?

— Readman a changé de véhicule en cours de route. Aussi simple que ça !

— Deux semaines de perdues, Raymond. Je vais annoncer la bonne nouvelle à tout le monde.

— Désolé, gars.

— Je pense que si la voiture a été volée, il y a belle lurette qu'elle est partie dans un *container*.

— Excuse mon français, Francis, mais quoi-ce que c'est ça, une *belle lurette* ?

— Oh, c'est une vieille expression française : il y a une belle heurette, une belle petite heure…

— *Oh, I get it.*

— Et plus le temps passe… moins on a de chances de retrouver cette bagnole qui est l'objet qui nous relie à Readman.

— *Sorry about that !*

— C'est bon, Raymond, c'est pas ta faute, je fais le nécessaire de mon côté. Mais dis-moi, je suppose que vous avez enquêté sur la femme de Readman ?

— Oh oui ! Quand on l'a rencontrée la première fois, mon *partner* et moi, on trouvait que son… son… *demeanor, her behavior… how do you…?*

— Son comportement…

— C'est ça ! On trouvait que son comportement était un peu trop… *cool, if you know what I mean.* On s'est demandé si elle avait de l'intérêt dans la disparition de son époux. Mais, finalement, non. Pas d'assurances prises dernièrement sur sa vie, pas de *boyfriend* de son côté à elle, pas de chicane dans la cabane, comme on dit en Canada. C'est sûr qu'elle est pas obligée de pleurer toutes les larmes de son corps dans le front d'un officier de police, *but, for what I know, she might just be a cold case by herself !*

— Ah ! Ah ! Ce n'est pas un crime chez vous non plus, à ce que je vois.

— Pas encore…

— Ici, au Québec, on cherche encore à retrouver tous les contacts de Readman. D'après les gens qui l'ont connu, il n'a pas d'ennemi, ni de petite amie par ici non plus, à ce qu'on sache. D'ailleurs, Raymond, est-ce que Readman aurait pu organiser lui-même sa propre disparition ?

— *I doubt it !* Aucune de ses *credit cards* n'a servi depuis le 14 octobre. Ni son cell. On a examiné ses comptes personnels, avec la permission de madame, et aussi avec celle d'un juge de district : rien qui laisse suspecter un *foul play*. D'habitude, les gars qui planifient leur affaire font des changements dans leurs finances personnelles avant de... comment qu'on dit ? Avant de pâlir au loin. Mais, dans son cas, aucun mouvement dans les comptes bancaires du monsieur, aucun retrait en dehors de l'ordinaire, avant la disparition. Après ? Rien du tout. Non, y a pas de triche. Sa femme refuse carrément l'idée : quand je l'ai questionnée sur ça, elle m'a quasiment sauté dans la figure. *Boy, she's a tough one, you know! On the other hand,* si Readman avait une petite amie secrète, tout laisse croire qu'il a décidé de garder sa légitime. *Cheaper to keep her*, comme dit la chanson des Blues Brothers.

— Ah ! Ah ! *Cheaper to keep her*, elle est bonne ! Bon... Si Readman ne s'est pas évaporé volontairement dans la nature, soit il est mort par accident, et on n'a pas encore découvert son corps ni la Cadillac, soit quelqu'un les a fait disparaître, lui et la voiture. Ici, nous avons toujours gardé en tête les deux possibilités.

— Nous aussi. Ça fait deux semaines, Francis ; après deux semaines, ils sont rarement vivants, comme tu sais. *One way or the other...*

— Je sais. On épluche la liste de tous les congressistes. On a commencé par les Européens. Les Québécois suivent. On vous laisse les Américains.

— J'ai reçu la liste, merci, on travaille là-dessus nous aussi de notre côté.

— À suivre. Je te rappelle aussitôt que nous trouvons du nouveau.

— *Okay*, Francis. *Sorry for the Caddy!*

— *Hey*, ça ressemble à un titre de chanson !

— Bonne idée, Francis ! »

Mazerolle rit et il improvisa en chantonnant :

« *My love is gone, sorry for my baby / My girl is gone, sorry for the Caddy…*

— À plus, Raymond.

— À plus. »

Le sergent-détective Pagliaro raccrocha. Belle façon de débuter la semaine en recommençant un travail déjà fait inutilement. Visiblement, son collègue américain gardait quand même sa bonne humeur. N'était-ce pas le lot du métier de policier, reprendre sans cesse son ouvrage ?

Pagliaro songea à son beau-frère Charles, le frère de Lisa, qu'il avait reçu à souper avec son épouse en fin de semaine à la maison. Charles avait raconté avec grande fierté qu'il venait de vendre une assurance-vie de dix millions de dollars à un richissime client, joueur de hockey professionnel.

« Ça te fait une belle semaine, Charles ! s'était exclamée Lisa. Tu te prends combien de commission là-dessus ?

— Plus que tu le penses, ouais, surtout que je lui ai aussi vendu une assurance pour son château sur la Rive-Sud. Mais…

— Mais ?

— Le problème, c'est que quand tu as vendu une assurance de dix millions, tu te lèves le lendemain matin et tout ce que tu veux, c'est vendre une assurance de vingt millions.

— C'est sans fin.

— Tu l'as dit. »

À chacun ses soucis.

Francis Pagliaro avait choisi le travail de policier pour assurer la sécurité de ses concitoyens. Un engagement personnel de jeunesse. N'écrivait-on pas

Protéger et Servir sur toutes les voitures de patrouille en Amérique ? Garantir la paix et la tranquillité des gens pour qu'ils puissent vaquer à leurs occupations et devenir meilleurs : c'était un bel idéal. Toujours vrai. Il avait lu un jour un passage à ce sujet dans *La République* de Platon, un ouvrage qui était à bien des égards encore d'actualité. Dans les milieux philosophiques, on appelait aussi *La Politie* (avec le jeu de mots pertinent pour un policier) cette œuvre très célèbre du philosophe grec.

Il faut dire, cependant, que rechercher une Cadillac DeVille munie d'une plaque de l'État de New York n'était pas ce que Pagliaro avait de plus glorieux en tête pour atteindre cet idéal.

Comme tous les lundis, Pagliaro avait convoqué les policiers chargés des affaires courantes pour la mise à jour hebdomadaire des dossiers, afin que chacun sache où les autres étaient rendus dans leurs investigations. L'échange permettait aux collègues d'offrir un point de vue nouveau sur une opération qui se trouvait momentanément dans une impasse ou dans laquelle un enquêteur s'était empêtré malgré lui. Pagliaro prônait la transparence : « Les criminels nous cachent tout ce qu'ils peuvent, il ne faudrait pas en plus que de notre côté on ajoute des cachotteries entre nous ! » La culture du secret entre les différents services de police, partout dans le monde, était à son avis une déformation professionnelle improductive et stupide.

Martin Lortie avait avisé qu'il serait un peu en retard ce matin. Il avait laissé un message sur la boîte vocale de Pagliaro :

« Souviens-toi que je suis au Palais de justice pour une bonne partie de la matinée, j'assiste à l'audition de remise en liberté sous caution du gars accusé d'une série d'incendies criminels reliés au complot pour fraude à l'assurance. Je devrais être là avec vous pour la fin de la réunion vers onze heures. »

Pagliaro sourit en repensant à son beau-frère. *Pourvu qu'il ne s'agisse pas d'un de ses clients.* À chacun ses soucis...

Nicolas Turmel, le jeune policier informaticien, se présenta le premier, sourire aux lèvres. Avant l'arrivée des autres enquêteurs, il expliqua à Pagliaro à l'aide de son ordinateur portable comment fonctionnait un nouveau logiciel qui était apparu dans les restaurants et les bars et qui assurait un double système de facturation en vue de frauder le fisc.

« C'est génial, patron !

— Ne m'appelle pas patron, je déteste ça !

— Pardon... C'est super bien conçu ! Et très simple, c'est ce qui fait la beauté de la chose.

— À t'entendre, il faudrait leur donner un prix d'excellence ?

— Oui, pour la programmation, mais non, bien sûr, pour l'utilisation. Il faut inventer un système qui déjoue leur patente. J'ai vu des enquêteurs et des informaticiens de Revenu Québec, vendredi. Ils vont venir nous rencontrer à notre convenance. Ça a à voir avec le crime organisé, les crimes économiques, la fraude fiscale. Les avocats du Ministère disent que ça touche aussi une loi fédérale parce que les transactions ont lieu par télécommunications. Ils souhaitent une action concertée.

— Bon travail. Arrange ça avec eux et avertis-moi quand ce sera fait. Tu as toute ma confiance là-dessus. Es-tu prêt pour ce que je t'avais demandé ?

— Oh oui ! J'ai travaillé là-dessus toute la fin de semaine. »

Pagliaro appréciait la perspicacité et le professionnalisme de ce nouveau. Il espérait que l'exposé qu'il ferait à sa demande devant les collègues porterait fruit. La criminalité informatique était en progression. « Ouais, depuis l'invention de l'ordinateur, avait blagué Martin Lortie. Je suis sûr que quand l'homme a inventé la massue, la première idée qui lui est venue à l'esprit, ç'a été d'en donner un bon coup sur la tête de son voisin ! »

Quand même, il était difficile d'intéresser les plus anciens policiers aux nouvelles techniques d'enquête reliées à l'informatique. *C'est partout pareil*, avait-il constaté en reprenant sa voiture au garage, deux semaines auparavant, quand le vieux mécanicien lui avait déclaré : « C'était mieux dans le temps, quand on pouvait réparer les chars juste avec une clé à molette ! » Dans l'esprit de Pagliaro, il ne fallait pas seulement rattraper les criminels à clavier, il fallait les devancer.

◆

Vincent Morin vivait dans l'angoisse permanente. Pourtant, aucune plainte ni aucune accusation n'avaient été portées contre lui. En fait, après avoir répondu à toutes les questions de routine dans les cas de disparition de personnes, Vincent n'avait même pas été interrogé sérieusement par la police. Il n'y avait aucune raison qu'il le fût, l'attitude de l'enquêteur Potvin à son égard le prouvait.

Après quelques semaines de consternation générale, la famille de France finit par s'accommoder, bien qu'à contrecœur, de la thèse la plus plausible de la Régie intermunicipale de police Thérèse-De Blainville selon laquelle France avait laissé son mari sans donner d'explications. Du côté de la belle-famille, le dossier restait ouvert. Vincent connaissait fort bien les sentiments des parents de France à son endroit. On ne l'aimait pas beaucoup. La mère de France ne s'était jamais privée de lui faire savoir que sa fille méritait mieux que lui.

Laurie était la seule avec qui Vincent avait eu de véritables relations familiales jusqu'alors, mais la disparition de France avait refroidi leurs échanges. Surtout après la conversation qu'ils avaient eue tous les deux au Van Houtte le dimanche suivant la mort de France.

La mort de France.

Le mot n'avait jamais été prononcé. Ni par lui ni par la famille de sa femme. La chose la plus importante demeurerait secrète. Cette impossibilité d'aveu, cet état continuel de réclusion intérieure expliquait la détresse qui l'habitait. Autant, sinon plus, que sa crainte d'être pris.

Je ne m'en sortirai jamais.

Vincent constatait les regards coupables que Laurie affichait maintenant. Quant aux autres membres de sa belle-famille, ils l'ignoraient tout simplement. Vincent supposait aussi qu'il ne faudrait pas beaucoup de temps avant que quelques rares intimes qui connaissaient sûrement les élans sexuels des deux sœurs alimentent la rumeur à l'effet qu'une des aventures de France avait dû être assez excitante pour lui faire tourner la tête et surtout la décider à quitter son mari, chose que tout le monde anticipait à plus ou moins brève échéance.

Aucun des proches de France ne put constater que la chambre conjugale avait été nettoyée à fond et que le plancher avait été recouvert, tout simplement parce que nul ne fut invité à la visiter, par respect pour l'intimité du cocu, qui la gardait fermée en tout temps, et pour son chagrin « évident ».

Avec le temps, les rares proches qui avaient forgé entre eux une timide thèse du meurtre de France finirent également par l'abandonner : aussi mal-aimé qu'il pouvait l'être, Vincent n'avait tout simplement pas le profil d'un tueur. Le fait était incontestable dans leur esprit. Et puis, il y avait eu la disparition des effets personnels. C'était un trait de caractère de France bien connu de sa famille : elle était extrêmement attachée à ses choses, elle avait même la réputation d'être épouvantablement matérialiste, au point qu'on en avait fait une blague familiale.

« Ça c'est bien elle ! Non mais, partir avec toutes ses affaires ! On la reconnaît bien, là ! »

En dernier lieu, tout le monde la supposait vivante simplement parce que tout le monde aurait été catastrophé de la savoir morte.

Peu à peu, chacun était retourné à ses occupations en espérant que France ait fait le bon choix et qu'elle ait enfin trouvé le bonheur. Qui n'a pas en secret souhaité disparaître un jour pour tout recommencer ? Seul restait inexpliqué le silence qui entourait cette disparition soudaine. Certains mécontents en étaient personnellement contrariés, sinon offusqués, car ils estimaient qu'ils ne méritaient pas le mutisme de France. Où avait-elle la tête ? Tous auraient aimé être dans la confidence, les uns par simple curiosité obscène, les autres pour retrouver enfin la paix de l'esprit. Qui sait, peut-être réapparaîtrait-elle un jour.

Pour sa part, au fil des semaines qui passaient dans ce sombre mois de novembre, Vincent n'arrivait pas à vivre autrement que dans la crainte. Dès l'instant où il avait téléphoné en pleine nuit au poste de police, la nuit du 23 octobre, il avait senti que la terreur qui s'emparait de lui ne le quitterait plus. Franchement, cela équivalait à se jeter dans la gueule du loup. La frayeur l'avait complètement paralysé pendant que l'enquêteur Potvin visitait la chambre. Il s'était figé, en état d'alarme, à peine capable de répondre aux questions pourtant simples du policier.

Sans pouvoir l'avouer à qui que ce soit, il imaginait à présent qu'au moment où il s'y attendrait le moins un événement se produirait, une personne ferait irruption et mettrait en péril toute cette construction qui ne tenait tout compte fait qu'à un fil. Il avait glissé peu à peu dans une espèce de dépression que tous autour de lui s'expliquaient aisément tout en en ignorant les causes véritables, évidemment.

Vincent se retrouvait seul. Complètement seul.

Il ne retourna pas chez Lambert, Morin & Ross après ses quelques semaines de vacances. Invoquant ses troubles incontestables de santé et ses soucis causés par la disparition de son épouse, il prit un autre mois de congé en déclarant qu'il rentrerait au bureau vers la mi-décembre.

Il avait largement les moyens de se payer cette absence prolongée. Sa fortune personnelle s'élevait à près d'un million de dollars, qu'il avait accumulés dans des placements judicieux et sûrs. La firme valait à elle seule cinq fois plus et il en détenait le tiers. Il possédait en outre un immeuble à bureaux, quoique modeste, et un établissement de restauration rapide acquis au début de sa carrière, en partie grâce à l'héritage de sa grand-mère, que son ami Claude administrait, lequel ami, en sa qualité d'avocat, s'occupait également de l'aspect légal de toutes ses affaires.

Claude lui rendait maintenant visite une fois par semaine, sous prétexte de lui rendre compte des activités des entreprises en question mais bien plus, à vrai dire, pour surveiller l'état de santé de son ami, car Vincent l'inquiétait.

« Tu es si seul, Vincent ! Tu devrais sortir, prendre du bon temps. Retourner travailler, même si tu n'en as pas absolument besoin : tu aimes tellement ce métier, tu te rappelles ? Sors un peu, vois du monde, cherche une fille. Ne reste pas seul.

— J'ai toujours été seul, tu le sais bien. Même avec France j'étais seul.

— C'est bien ce que je te dis.

— Peut-être que je suis bien comme ça… »

Malgré tout, Vincent regrettait d'avoir tenu Claude à distance depuis le début de cette affaire. Il se dit qu'il avait sans doute écarté inconsciemment son camarade de peur de salir cette amitié précieuse en lui avouant ses actes du fameux lundi. Cette amitié était une des rares belles choses de son existence, rien ne pouvait l'autoriser à la profaner. Surtout pas son propre avilissement : Vincent se sentait sale et honteux. Méprisable. D'un autre côté, son ami était avocat, et Vincent se demandait si, au fond de lui-même et par un calcul abject – cette intuition le plongeant dans la détresse la plus profonde –, ce n'était pas plutôt cela qui l'empêchait de confesser son crime, car il savait très bien ce que Claude lui conseillerait : se rendre à la police.

Il avait rencontré maître Claude Garnier pour affaires des années auparavant. Claude était devenu son client puis, rapidement, son avocat. Ils s'invitaient mutuellement au restaurant, voyageaient parfois ensemble, entre hommes, pour voir des matches de football à l'étranger, ou faisaient quelques escapades sur le fleuve, certains dimanches après-midi, sur le petit voilier que Claude possédait. Leur amitié allait de soi, sans grandes explications, depuis une bonne douzaine d'années. Ils passaient de longues soirées à regarder du sport à la télé ou à jouer au scrabble, la plupart du temps concentrés tous les deux sur la partie, en buvant du gin. Parlant peu.

Mais les choses avaient bien changé depuis la disparition de France.

La mort de France.

Vincent était conscient que l'état de tension perpétuelle dans lequel il se trouvait affectait son ami. Claude s'en était ouvert à lui, lui déclarant qu'il était triste à voir.

« Tu as maigri, Vincent, et tu as la mine grise. Tu devrais consulter, ça cache peut-être quelque chose… »

Depuis cet aveu, Vincent avait remarqué que les rares personnes avec qui il avait encore des relations lui témoignaient, elles aussi, des réserves. Des silences embarrassants. Il vivait en homme replié sur lui-même. Négligé. Méfiant. Presque agressif. Il ne sortait pas beaucoup de la maison. N'invitait personne. Nul n'avait vraiment connaissance de ce à quoi il consacrait son temps. Pas même Claude. On le savait en convalescence, un point c'est tout.

Pendant ce temps, la seule préoccupation de Vincent, une véritable idée fixe, était d'essayer de se remémorer un par un et seconde par seconde les événements à partir du moment même où il était descendu de sa Lexus le fameux lundi soir. Il recommençait sans fin l'exercice, en s'efforçant d'imaginer avec plus de détails chaque instant, chaque objet, chaque couleur, chaque son, comme dans un film projeté en boucle. Un bruit à l'extérieur de la maison, le téléphone qui sonnait et voilà que tout était à refaire depuis le début. Il ne trouvait la concentration nécessaire que dans la chambre à l'étage où il passait désormais toutes ses journées, assis à même le sol. Il se rejouait là sans émotion les meurtres sanglants. Il reconstituait en pensée ses trajets lugubres en voiture dans la nuit pluvieuse. Dans les brumes de l'alcool, du manque de nourriture et de sommeil, après avoir vu et revu mille fois la séquence des événements, une question, une seule, demeurait, un seul problème, insoluble, qui revenait sans cesse le hanter : la trace de la présence des deux hommes dans la maison. Dans cette chambre. Une obsession absolue.

Face à l'impossibilité de résoudre cette énigme, il avait atteint un état proche de la panique. Il en vint malgré lui à évacuer petit à petit de son cerveau toute pensée concrète. Toute intention et tout projet. Un mur gris se construisit progressivement devant ses yeux dans un engourdissement morbide. Le tremblement de ses mains avait repris de plus belle, il était même devenu constant. Vincent n'y prêtait presque plus attention, à part, bien entendu, dans les moments où il ne réussissait plus à tenir quoi que ce soit dans sa main.

Il abandonna sa quête, incapable de voir clair, et il ne remonta plus à la chambre. Personne de son entourage n'aurait imaginé que Vincent, connu comme un homme d'action et de décision, gaspillait dorénavant son temps écrasé devant la télé à boire du gin du matin au soir, sans s'occuper véritablement de ce qui se passait à l'écran, ou si peu. Parfois il regardait un film porno quelques minutes et se masturbait, en espérant que l'éjaculation lui apporterait un peu de soulagement. Mais il titubait invariablement jusqu'à son lit ou dormait tout simplement sur place. Sortant momentanément de sa léthargie, il errait parfois de pièce en pièce, s'arrêtant tantôt dans sa bibliothèque, semblant chercher un titre, caressant une couverture sans jamais ouvrir un livre, marmonnant pour lui-même des phrases qu'il ne finissait pas.

◆

Lambert et Ross furent surpris de ne pas voir entrer leur associé Vincent Morin au bureau le lundi 16 décembre au matin. Comme tout le monde, les deux hommes le croyaient hors de la ville et ils s'attendaient à son retour. Ils avaient même réservé une heure de conférence à trois dès neuf heures le matin. Que Vincent n'ait donné aucun signe de vie durant le deuxième mois de convalescence qu'il s'était octroyé, passe encore, mais son absence le jour prévu contraria Simon Ross, qui réussit après plusieurs tentatives à le joindre au téléphone, à la fin de l'avant-midi. De mauvaise humeur et prêt à affronter son associé, il ne s'attendait évidemment pas du tout à l'accueil qu'il reçut.

« ... Allllô ?

— Vincent, c'est Simon.

— Simon ?... »

Silence. Puis :

« Simon Ross !

— ... Sim... Simon...

— Ça fait quatre fois de suite que je t'appelle. Ça va ? »

Silence.

« Vincent ?... Vincent, ça va ?

— ... Oui... va...

— Es-tu souffrant ? Ça n'a pas l'air...

— ... n'est quel jour... aujourd'hui ?

— … Vincent, as-tu besoin d'aide ? Veux-tu qu'on aille te retrouver ?

— … va bien… même… 'a va trèèès bien !

— Vincent ? As-tu bu ou quoi ?

— Juste un peu… Fait plaisir de te paaarler !

— On est lundi, le 16 décembre, je te fais remarquer, et il est onze heures du matin ! Bon Dieu, Vincent, dans quel état es-tu ?

— …

— Vincent ?!

— Simon Ross ?

— Je te rappelle. »

Ross raccrocha mais reprit aussitôt le combiné pour appeler maître Claude Garnier, qui croyait, lui aussi, son ami parti à l'étranger. Une demi-heure plus tard, Claude frappait à la porte de Vincent. N'obtenant pas de réponse, il ouvrit avec sa propre clé et trouva Vincent enfermé dans la chambre où il s'était réfugié finalement et où il vivait depuis des jours, complètement ahuri. Il avait tenté de griffonner quelque chose sur un mur à l'aide d'un stylo, mais l'écriture était absolument illisible. La pièce, qui était restée vide, était jonchée de boîtes de livraison et de bouteilles de gin renversées. Quand, à travers son état de stupeur, Vincent reconnut finalement Claude, il hurla. Puis il s'écroula en glapissant comme un petit chien et en serrant les jambes de son ami.

« Écoute, Vincent, je ne te donne pas le choix, on ferme la maison, je t'emmène chez moi immédiatement et demain tu entres à l'hôpital. »

Claude dut porter son ami jusqu'à la voiture.

Après un bain et un repas chaud, Vincent s'était mis à parler, mais par bribes, de la voix éraillée de quelqu'un qui n'a pas ouvert la bouche depuis des jours, voire des semaines. Il pleurait en mangeant, méconnaissable sous sa barbe de plusieurs semaines. On aurait dit un clochard revenu de très loin, invité à la table de l'avocat.

Vincent Morin fut admis à la Maison de repos d'Outremont dès le lendemain matin. Il n'avait pas été très difficile pour Claude d'en convaincre son ami. Le dernier argument de l'avocat n'eut même pas de véritable influence sur sa décision.

« Si tu n'acceptes pas de plein gré, je vais obtenir un ordre de la cour pour t'interner. La loi prévoit que si ton comportement présente une menace pour ta propre sécurité tu peux être hospitalisé sans ton consentement pour une durée de vingt et un jours. »

Le directeur de l'établissement de santé, le docteur Rinfret, fut accueillant : « Vous pouvez vous installer ici quelques jours, voire quelques semaines si vous le désirez, vous pouvez même passer Noël avec nous, monsieur Morin, lui dit-il. Vous serez en sécurité, le temps qu'on établisse un programme qui vous remettra en forme. Prenez votre temps. Après, si tout va bien, vous pourrez retourner à votre vie normale, mais il serait souhaitable que vous continuiez à rencontrer par la suite le docteur Simard, qui sera votre psychiatre. Deux ou trois fois par semaine d'ici à ce que vous soyez tout à fait remis. Je vous le répète : prenez votre temps. Nous vous offrons aussi les services d'un entraîneur, qui va dresser un programme de conditionnement physique adapté à vos besoins, de même que ceux d'une spécialiste de l'alimentation. Vous ne pouvez pas être entre de meilleures mains. »

Vincent approuva simplement de la tête. On lui proposa une brève visite de l'établissement dès son arrivée à la Maison. Il se laissa guider comme un

enfant visitant sa première classe. D'un pas hésitant, il circulait en regardant autour de lui mais
sans crainte apparente. Claude le surveillait du coin
de l'œil et n'était pas très rassuré sur l'état de santé
mentale de son ami. Les semaines qu'il avait passées
seul dans la chambre de sa maison semblaient avoir
eu un effet dévastateur sur son esprit.

Claude demeurait inquiet. Cependant, le personnel de la Maison de repos s'était avéré très attentif
et souriant et les installations étaient luxueuses :
chambres confortables, cabinets d'interviews feutrés,
sauna, piscine, gym, tables de massage, billard,
salle de musique, petite cafétéria lumineuse avec
des parfums de cuisine agréables. Le lieu ressem-
blait plus à un petit hôtel haut de gamme qu'à une
clinique privée. Claude avait bien choisi et cela
valait les huit cents dollars de frais fixes quotidiens.
Malgré son attitude post-traumatique évidente,
Vincent semblait s'y plaire.

Il avait accepté d'y demeurer vingt et un jours,
de son plein gré, le temps de recouvrer un minimum
de santé, heureux d'avoir échappé au cercle vicieux
et suicidaire dans lequel il avait vécu les dernières
semaines. Il en prenait conscience maintenant, du
moins le laissait-il paraître. Dès la deuxième semaine de son séjour, il se mit même à l'entraînement
sur différents appareils, ce qu'il avait toujours
détesté mais qu'il voyait à présent d'un autre œil. La
nourriture était saine et excellente. Pendant quelque
temps, Vincent prit visiblement du mieux. Il rencontra le psychiatre chaque jour pendant de brèves
périodes. Le docteur Simard tentait alors d'amener
Vincent à parler de ses relations avec sa femme et
des sentiments qu'avait suscités sa désertion.

« Comment voyez-vous la chose, Vincent ? Vous
sentez-vous responsable ou même coupable du geste

de votre épouse ? Entretenez-vous dans votre cœur des idées de vengeance ou de violence envers elle ou son amant ? Y a-t-il de la place pour la compassion, pour le pardon ? Aimez-vous encore France ? Cultivez-vous l'espoir de son retour ? Une vie heureuse sans France est-elle envisageable ? Quelle perception avez-vous de vous-même ? Avez-vous songé au suicide ? Quelle sorte de relations avez-vous avec vos collègues de travail ? Avez-vous des amis ? Comment entrevoyez-vous votre situation immédiate ? votre futur ? »

Vincent se prêtait à ces séances étourdissantes avec appréhension. Tout le questionnement sur ses états d'âme au moment même où il avait découvert la fuite de sa femme l'embarrassait horriblement. Il ne pouvait qu'inventer des réponses, ce qu'il faisait avec une très grande difficulté. Par ailleurs, l'attitude de Vincent laissait croire au médecin que le choc de la découverte avait oblitéré les impressions immédiates. La chronologie même des événements demeurait floue. La douleur étant trop forte, il semblait qu'une bonne partie des souvenirs avait tout simplement refusé de s'imprimer dans l'esprit et le cœur de son patient.

Celui-ci constatait de jour en jour certains progrès, quoique minimes. Des changements tant physiques que psychologiques, les médicaments y étant certainement pour quelque chose. Mais, parallèlement, Vincent avait le sentiment que des morceaux de lui-même se désagrégeaient en lui. Se liquéfiaient, en quelque sorte. Une partie de lui-même était morte en même temps que sa femme. Toute cette construction de mensonges qui ne tenait que par un fil depuis le lundi funèbre menaçait de se rompre, emportée par un chaos d'émotions et de pensées contradictoires. À tout moment. Comme quand, attiré au bord du précipice, on craint d'avancer d'un pas irrémédiable et de sombrer dans l'abîme sans l'avoir pleinement ni consciemment décidé. En dehors de ses rencontres avec le psychiatre, Vincent était partagé entre les bénéfices évidents de la thérapie et la crainte d'avouer malgré lui son crime sous l'influence de l'atmosphère d'intimité et de confiance que comportaient les sessions avec le sympathique docteur. Il se sentait torturé entre les bienfaits de l'épanchement et ses pièges. Il n'avait toujours rien dévoilé à son ami avocat et, en dépit du secret professionnel, il était persuadé que confesser les meurtres à son médecin équivaudrait à ouvrir une porte qu'il ne pourrait jamais refermer.

Pour sa part, le thérapeute n'était pas tout à fait convaincu de l'ouverture totale de son patient. Il y avait quelque chose de précautionneux dans son témoignage. Comme s'il ne disait pas tout. Quelque chose d'anormalement flou. De brouillé. Au-delà de la douleur manifeste de Vincent, le médecin considérait que sa fausse candeur était un peu suspecte. Le récit que faisait Vincent des événements était passablement chaotique. C'était normal dans les circonstances, mais à certains égards il était carrément contradictoire : Vincent Morin cachait visiblement quelque chose. Il fut évident pour le docteur Simard, après les vingt et un jours de thérapie convenus avec son patient, que cette thérapie n'était pas vraiment terminée.

En fait, elle n'avait pas encore commencé.

III

L'ENQUÊTE

JANVIER 2003

Le sergent-détective Francis Pagliaro reprit le travail après le congé de Noël et du Nouvel An. Les premiers jours de l'année, l'édifice Parthenais semblait toujours un peu plus vide qu'à l'habitude. Peut-être était-ce l'esprit des Fêtes qui se poursuivait pendant quelques heures et qui donnait aux lieux une ambiance de vacances prolongées, les décorations de Noël encore sur place entretenant l'effet. Mais pour Pagliaro, passé le 2 janvier, les guirlandes et les lumières clignotantes multicolores prenaient un aspect déphasé et déprimant.

Le téléphone sonna sur son bureau, à côté de sa lampe banquier à l'abat-jour jaune, et le sergent-détective reconnut le numéro inscrit sur l'afficheur. La Gendarmerie royale l'appelait d'Ottawa. Il répondit immédiatement.

« Francis Pagliaro !

— Bonjour Francis, c'est Julie Landry. »

Julie Landry avait fait ses études à l'Académie de la GRC à Régina, en Saskatchewan, puis elle avait travaillé quelques années comme patrouilleuse au Nouveau-Brunswick, d'où elle était originaire ; elle était ensuite passée aux enquêtes criminelles avant de se retrouver à Ottawa. Polyglotte (elle parlait couramment six langues), elle s'occupait maintenant des situations irrégulières de ressortissants étrangers en sol canadien, en collaboration avec Immigration Canada. Au début de son affectation dans la capitale fédérale, Julie Landry avait plusieurs fois collaboré avec Francis Pagliaro dans des investigations sur l'importation de drogue provenant principalement d'Amérique du Sud. Ils se connaissaient depuis une bonne dizaine d'années.

« Salut, Julie, et bonne année ! Que tous tes vœux soient exaucés ! Qu'est-ce qui t'amène un 3 janvier ?

— Bonne année à toi aussi, Francis ! Bien du plaisir… On vient de recevoir un appel de l'ambassade de Norvège. Un citoyen norvégien a disparu. Probablement ici, au Canada. Il n'est jamais rentré chez lui à Oslo. Il a été vu pour la dernière fois à Montréal. En octobre dernier…

— En octobre !? Et c'est maintenant, en janvier, qu'on rapporte…

— Écoute, c'est compliqué, mais ça s'explique. Le type de l'ambassade m'a raconté l'histoire. Jens Pedersen, trente-six ans, qui vit seul à Oslo, arrive à Montréal le dimanche 6 octobre et il s'installe à l'hôtel Best Western de la rue Drummond. Il a réservé pour neuf nuits. C'est un photographe à la pige qui travaille souvent pour *Trek Magazine*, un périodique français qui publie des guides pratiques de voyage et des parcours d'activités. À l'époque où il vient au Canada, il prépare un reportage photo pour cette revue, mais il veut également faire des photos pour comparer les automnes québécois aux automnes norvégiens qu'il connaît bien. Puis, d'après ses parents, à la fin de son séjour à Montréal, donc le mardi 15 octobre, il devait entreprendre un voyage de trois mois en autobus Greyhound à travers les États-Unis.

— Un vieux rêve d'Européen, ça…

— Oui. Le Greyhound, *Route Sixty Six*, *On the road again*, le Nevada, etc. En principe, il partait sans itinéraire planifié, parce qu'il préférait s'arrêter au gré de sa fantaisie le long de son parcours. Toujours selon les parents, il devait quand même les appeler aux deux semaines pour donner de ses nouvelles. Ils sont vieux et c'est leur seul enfant. Il ne l'a jamais fait. Pas même le jour de l'anniversaire de sa mère, le 15 décembre. Or, il n'a jamais manqué cet anniversaire. Il n'a pas appelé non plus pour le Nouvel An. Ses parents, soucieux en décembre, puis carrément angoissés, ont porté plainte hier à la police locale, qui s'est mise en communication avec l'ambassade de Norvège ici à Ottawa. Je sais que tu as enquêté sur la disparition d'un étranger, dans la même période, en octobre… Un homme influent…

— Pas exactement. Un Américain, oui, de Rochester, où le chef de police a, *lui*, des ambitions politiques. Il a été élu maire, d'ailleurs, en novembre et, d'après la rumeur, il est déjà en route pour le poste de gouverneur de l'État…

— Tous les mêmes, ces aspirants politiciens.

— … Le disparu s'appelle Samuel Readman, quarante-deux ans. L'affaire est en suspens depuis le début de l'hiver. On a perdu du temps à chercher une Saab pour s'apercevoir que c'était plutôt une Cadillac qu'il fallait trouver… On n'a rien découvert encore. Aucune trace du bonhomme non plus.

— Ouais…

— Mais vois-tu, on recherche aussi un étranger, possiblement scandinave, de passage à Montréal en octobre, qui aurait été vu avec l'Américain disparu.

Et là, tu m'annonces qu'un Norvégien a disparu, ici, à Montréal, la même semaine ! *Ça,* c'est du nouveau ! Écoute, j'ai mon adjoint, l'enquêteur Martin Lortie que tu connais sans doute, qui travaille là-dessus. On te rappelle. »

Pagliaro sortit immédiatement de son bureau et se dirigea vers celui de Lortie.

« Martin, tu peux me sortir tes notes de l'affaire Readman sur les étrangers qui assistaient au congrès d'octobre ? »

Lortie se leva et prit un dossier dans son classeur des affaires en suspens. Il chercha rapidement la feuille où étaient inscrits tous les noms des participants européens.

« T'as pas un Pedersen sur ta liste, à tout hasard ? Un photographe.

— Un photographe ? J'pensais qu'on cherchait un opticien…

— On cherche un Scandinave.

— Non. Pas de Pedersen. Mais t'as raison, photographe, opticien, même affaire : ça regarde à travers des lentilles !

— Ben voyons…

— Sur les vingt et un congressistes européens inscrits, j'en ai retrouvé dix-huit depuis le mois d'octobre. Dans cinq pays différents. Des heures de plaisir… Personne n'a de souvenirs de notre Readman. Si j'ai bien compris, ces gens-là se tenaient pas mal ensemble. Fait que… La piste s'est arrêtée là. Parmi les trois congressistes qui restaient à trouver, deux étaient logés dans des petits hôtels, un Italien et un Anglais, mais j'ai retrouvé le troisième la semaine dernière. Il était au Delta.

— Mais pas de Pedersen…

— Non, pas de Pedersen.

— Pourquoi t'as pas retrouvé les deux qui manquent ? »

Lortie consulta les notes qu'il avait retirées du classeur.

« Parce que les petits hôtels ne gardent aucune information sur leurs clients. Ils payent, dorment et s'en vont. L'organisation du congrès m'a donné des infos sur eux quand je les ai demandées, mais je n'ai jamais pu les contacter. Ils ont peut-être changé d'adresse, de ville, d'emploi, de femme, de sexe. J'en sais rien. J'essaie une ou deux fois par semaine. Avec le décalage horaire, c'est pas de la tarte.

— Et le dernier ?

— Celui du Delta ? Il s'appelle Hansen. D'Oslo. Des Hansen, à Oslo, c'est comme des Tremblay ici. Il a quitté l'hôtel le lundi 14 octobre vers midi. Direction Aéroport de Montréal. Il ne connaît pas Readman.

— Par contre, s'il vient d'Oslo, il connaît peut-être notre photographe.

— Je le rappelle tout de suite.

— Attends ! En octobre, les employés de l'Hôtel des Gouverneurs t'ont dit qu'ils avaient vu Readman en compagnie de *deux* hommes, non ?

— Exact !

— Un Scandinave et un Québécois.

— Un Québécois francophone qui parlait anglais.

— Voilà. On va reprendre la liste de tous les gens inscrits au congrès et on va retrouver tous les Québécois, qu'ils parlent anglais ou non, et on va les interroger. Un de ceux-là connaît Readman et le Scandinave.

— Ça fait des centaines…

— Ça fait des centaines, oui. Alors…

— Alors je m'y mets tout de suite, *boss* !

— Qu'est-ce que vous avez tous à m'appeler *boss* ? Arrête, Martin, tu sais que je déteste ça !

— C'est vrai, j'oubliais. Je reprends : je m'y mets tout de suite, Francis. »

FÉVRIER 2003

Depuis deux mois, Vincent Morin était hospitalisé à la Maison de repos d'Outremont. Il y demeurait toujours de son plein gré. Sans l'avouer à qui que ce soit, il considérait son « internement volontaire » comme une halte, une étape nécessaire avant ce qu'autour de lui on appelait « le retour à la vie normale », si tant est qu'il puisse y avoir un jour une vie normale pour quelqu'un qui a assassiné trois personnes.

Poursuivi par les questions du psychiatre, entre les séances de thérapie Vincent s'était mis à évoquer en secret des souvenirs de sa femme. Il entreprit un examen rétrospectif de leur relation depuis le moment où il avait rencontré France jusqu'à cette soirée maudite du 14 octobre. L'exercice s'avérait difficile et douloureux, et ce n'est pas sans une dose de courage qu'il avait enclenché ce processus intime, car s'il espérait comprendre ce qui s'était passé pendant cette période de sa vie, il n'en reste pas moins qu'il en connaissait parfaitement l'issue, quels que fussent les détours que pouvait emprunter son esprit.

Tout semblait pourtant s'aligner vers une certaine joie les premiers jours de son introspection. Une quiétude. Il faut dire qu'il se remémorait à ce moment les premières années de passion et de bonheur de leur couple. Ayant eu une enfance et une jeunesse solitaires, il se rappelait aujourd'hui à quel point il avait été vite comblé par le partage du quotidien avec une femme qu'il apprenait à connaître et qu'il adorait. Le simple plaisir de vivre ensemble. À deux.

Au fur et à mesure de son bilan, cependant, les choses apparaissaient plus grises, les souvenirs plus moroses. Noirs. Avec le temps, une certaine indépendance s'était installée dans le couple ; tous les deux se vantaient d'être autonomes, émancipés, mais aucun n'avait vu venir le détachement progressif de l'un par rapport à l'autre. Lentement et imperceptiblement, leur relation s'était désagrégée pour aboutir à ce genre d'arrangement pernicieux qui avait pris la place de l'amour véritable dans leur union depuis plusieurs années. Cet éloignement, cette séparation graduelle avait mené sa femme à des comportements qu'il ne comprenait pas et qui s'étaient avérés fatals pour elle comme pour lui, pour leur ménage.

Il ne regrettait pas son geste, au contraire, mais il avait cru avoir enterré à tout jamais cet instant de sa vie qu'il ressuscitait maintenant avec trop d'acuité. Sans surprise, toute la douleur refoulée revint d'un seul coup.

Vincent poursuivait ses séances de thérapie avec le docteur Simard, mais les relations avec le médecin étaient en train de changer. Pendant les entretiens, Vincent éprouvait de plus en plus de réticence à tout raconter. Il ne confiait surtout pas au thérapeute ses idées ténébreuses à propos de son couple. Et à l'évidence pour lui, il était de moins en moins question d'aborder le récit des événements du 14 octobre. Avouer ses crimes ? Jamais ! Pas seulement par crainte de la punition, mais plutôt parce qu'il éprouvait la sensation nébuleuse qu'une analyse poussée l'amènerait irréversiblement vers des pensées encore plus menaçantes pour son équilibre mental.

Pourquoi provoquer délibérément le vertige grandissant qui semblait s'emparer de lui ? À quoi bon jouer avec le feu ? Inévitablement, dans cette partie de cache-cache avec lui-même et avec le thérapeute, il en arriverait à des aveux irréparables.

Mais le silence se révélait par contre une arme à deux tranchants : la folie était un abîme bien pire que la prison.

Sans être hostile, le docteur Simard semblait pour sa part de plus en plus méfiant. Et quand Vincent lui déballait à petites doses quelques idées sombres, voire morbides, le médecin, qui à d'autres moments s'était montré ouvert et compréhensif, adoptait maintenant un air dubitatif ou il demeurait silencieux, ce qui plongeait Vincent dans un malaise inquiétant. Mais peut-être s'agissait-il d'une ruse. D'une tactique thérapeutique.

Jusqu'à ce jour, Vincent avait cru sa réflexion sur ses crimes terminée : en découvrant sa femme avec ses deux acolytes, il avait eu une réaction inévitable, d'une certaine façon. Il avait tué son épouse et ses partenaires dans un moment de colère et de folie aveugle. Il était devenu un assassin dans un instant de fureur provoqué comme une étincelle par le spectacle hideux de la bassesse de sa conjointe. Il avait explosé instinctivement devant l'exhibition salace et répugnante de la trahison, c'était évident. Si on venait à découvrir qu'il avait commis ces meurtres, et qu'on lui demandait pourquoi il les avait commis, il répondrait avoir agi dans un instant

d'aveuglement passager. C'était la réponse commode qui conviendrait à tout le monde. Mais qui
s'intéresserait maintenant à ses motivations ? On
chercherait plutôt à le jeter en prison et à tourner la
page à sa place.

À y regarder de plus près, sa réflexion actuelle
l'amenait à comprendre que la réalité était beaucoup plus complexe. Beaucoup plus intéressante.

Vincent croyait toujours que sa réaction avait été
celle d'un animal blessé ripostant par pur réflexe,
cela allait de soi ; mais il découvrait maintenant la
cause et le sens même de cette réaction : il avait tué
sa femme adultère dans un éclair de rare lucidité ani-
male. À la suite d'une fulgurante prise de conscience.
Intégrale, intolérante et absolue. Dans son esprit
troublé et aveugle, Vincent estimait à présent avoir
agi en toute justice, et il trouvait absolument absurde
d'être un jour puni pour avoir eu une riposte aussi
viscéralement légitime et honnête.

À coup sûr, cependant, la réaction méfiante du
psychiatre n'indiquait pas qu'il pourrait conclure à
un bref moment de folie de son patient. Pas du
point de vue médical, en tout cas. Vincent était donc
condamné à réussir sa dissimulation. Ce jour-là,
après plus de deux mois passés à la Maison de repos,
Vincent Morin avait honte de sa douleur. Il n'alla
pas voir le docteur Simard, comme prévu, et préféra
s'enfermer dans sa chambre et souffrir en silence.
À partir de ce moment, tous, à la clinique, furent
témoins de sa dégringolade.

Durant cette période tourmentée, Vincent se replia
d'abord douloureusement sur lui-même. Pendant
des semaines, à part lors de ses rendez-vous avec
le thérapeute pendant lesquels il ne parlait presque
pas, il demeura reclus sans se mêler à la vie de la
Maison. Puis le délire qui l'avait amené à se croire

investi d'une mission réparatrice prit un curieux tournant quand Vincent se mit à tout considérer autour de lui comme un spectacle sordide dont il aurait été le seul spectateur. Il se cachait dorénavant derrière un visage impassible et circulait sans but apparent dans la clinique.

Les rares patients avec qui Vincent avait des relations et les membres du personnel soignant virent alors un Vincent indolent déambuler dans la Maison, affublé d'un sourire satisfait, quasi niais. Puis, comme lassé par la mascarade qui ne servait qu'à le faire tourner en rond, il sortit peu à peu de sa torpeur et comprit que son personnage d'observateur invisible avait été démasqué. Bien plus : comme dans un Musée de l'Infamie où le conservateur découvre à sa grande stupeur qu'il fait lui-même partie de la collection, à l'intérieur de la Maison de repos d'Outremont Vincent Morin découvrit avec effroi sa triste contribution à la condition humaine, car depuis le début, ici comme dans sa vie professionnelle, il participait lui-même à la sinistre comédie. Il savait fort bien que la considération qui entourait sa personne et qui lui avait apporté tant de satisfaction dans son métier n'était pas réciproque, car pendant toutes ces années chez Lambert, Morin & Ross il n'avait éprouvé que de la condescendance envers ses collègues. Même sa réussite financière, qu'il avait en permanence considérée comme une preuve évidente de sa propre virtuosité, se révélait enfin au grand jour : elle n'était qu'une affirmation de son arrogance et de son mépris à l'endroit du monde de l'argent puisque, pour gagner, il faut que les autres aient perdu.

Vincent Morin n'avait jamais vraiment éprouvé d'affection pour ses proches, ni dans sa vie d'homme libre, ni comme malade enfermé. Réciproquement, pas plus à la Maison de repos d'Outremont maintenant qu'à la Bourse dans le passé, les gens ne lui témoignaient d'attachement. Il avait sans doute réussi à planer un certain moment, puissant, riche – et seul – au-dessus de tous, mais désormais il se retrouvait destitué par le tribunal de ses pairs au rang de tous les autres cinglés.

Que connaissait-il du monde ? Avant ses crimes et sa dépression, Vincent Morin avait eu de l'intérêt, au sens propre comme au figuré, pour le domaine des affaires. Jamais pour l'existence de ses concitoyens. Et maintenant ?

Tout compte fait, il prenait à présent conscience de sa parfaite inutilité.

À partir de ce moment, Vincent s'enferma dans sa chambre, ne faisant que l'aller-retour entre celle-ci et la cafétéria ou la bibliothèque de la clinique.

Puis, vers la fin de mars, Vincent reprit lentement ses rendez-vous avec le psychiatre, mais sans intention véritable de thérapie. Les deux hommes discutaient, pour ainsi dire d'égal à égal, de littérature et de philosophie. « En vérité, docteur, je cherche les clés qui pourraient me donner accès à mon âme, cette partie jusqu'à maintenant inexplorée de moi-même », avait-il déclaré pompeusement au thérapeute avec un clin d'œil. Vincent entreprit alors une longue et délicieuse remontée des enfers quand il comprit que, jusqu'à ce moment précis de sa vie, il était passé à côté de l'essentiel.

AVRIL 2003

Quand, au début d'avril, en compagnie de Claude, Vincent revint à la maison, il la trouva dans un état absolument impeccable. Il se douta immédiatement que son ami y était pour quelque chose.

« Ça s'imposait, dit Claude. Je crois que tu n'avais pas fait le ménage depuis des mois !

— Je n'en sais rien, j'imagine que non. J'étais dans un état second, comme tu sais.

— La maison était un foutoir. J'ai engagé une entreprise spécialisée et j'ai demandé aux employés de faire le maximum, je suis même resté sur place la plupart du temps pour superviser l'opération. Ils ont tout nettoyé. Les murs, les plafonds, les planchers, les fenêtres, les armoires, les tapis et les moquettes ; les meubles rembourrés, qui ont été transportés à l'usine et nettoyés à l'aide de procédés industriels ; la vaisselle, les bibelots, tout ! Ils ont fait le ménage complet de la cuisine, ils ont rangé ta bibliothèque, épousseté les livres. Ils ont nettoyé ta pharmacie et j'ai moi-même jeté les médicaments périmés. Ils ont emporté chez le teinturier tous tes costumes et tes manteaux, ils ont lavé le reste. Je sais que j'ai sans doute outrepassé mes devoirs de chargé d'affaires et j'espère que tu ne m'en veux pas.

— T'en vouloir ? Mais tu es fou ? C'est merveilleux, au contraire, je ne sais comment te remercier, tu es vraiment un ami. Tu as dû dépenser une fortune !

— Plus que tu ne penses, étant donné que cela s'est fait en catastrophe à l'approche des Fêtes, alors que je pensais que tu sortirais de la clinique à ce moment-là, mais ça n'a pas d'importance, ce sera mon cadeau d'accueil. Une façon de marquer un nouveau départ pour toi. J'en suis content. Franchement, si tu songes à vendre, c'est le temps ou jamais : c'est tellement propre qu'on pourrait penser que c'est une maison qui n'a jamais été habitée. »

Vincent reçut cette dernière phrase comme un coup de poing, mais il n'en fit rien paraître. Sa thérapie voulait qu'il repousse toutes les idées qui l'avaient rendu malheureux. Depuis les événements, la maison était devenue une des choses pénibles de sa vie. Contrairement à ce que Claude venait de supposer, même rafraîchie, elle recelait toujours un secret terrible. L'absence de France s'y faisait encore sentir, la présence fantomatique des deux hommes encore plus. Mais de cela, Vincent ne pouvait parler. Il devait en chasser l'idée à tout prix.

« Si tu permets, dit-il, je vais m'asseoir un peu, j'avoue que tu m'as pas mal soufflé, là ! »

Après une pause, il fit le tour du propriétaire avec Claude, un peu pour constater ce qui avait été accompli, un peu pour donner malgré lui satisfaction à son ami, car il se souvenait dans un élancement douloureux que ce tour d'inspection, qu'il avait lui-même répété jusqu'à la nausée, avait été l'acte déclencheur de sa névrose.

Après que Vincent eut prié Claude de le mettre brièvement au courant de ses affaires, les deux hommes passèrent l'après-midi à jouer au scrabble comme dans le bon vieux temps. Mais l'esprit d'antan n'y était pas tout à fait. Claude quitta Vincent vers onze heures du soir, après un souper frugal sans alcool.

« Ça ira ? » s'enquit-il, un peu préoccupé, quand Vincent le raccompagna à la porte.

« Ça ira, t'inquiète pas.

— C'est bien, je suis toujours là.

— Je sais. »

Après avoir refermé la porte et éteint les lumières au rez-de-chaussée, Vincent monta à l'étage et ouvrit celle de la chambre. Même après des mois, la pièce, comme tout le reste de la maison, sentait un mélange de renfermé, de peinture et des puissants produits de nettoyage industriels que l'entreprise avait utilisés. Alors qu'il était encore à la Maison de repos d'Outremont, Vincent avait décidé qu'il réintégrerait sa chambre en la meublant à neuf. La vue de cette pièce vide le fit renoncer.

Je ne pourrai tout simplement pas dormir ici, c'est au-dessus de mes forces.

Il pensa à ce que Claude avait dit quelques heures plus tôt.

Je devrais peut-être vendre la maison, finalement.

Il referma la porte et redescendit se coucher au rez-de-chaussée.

En s'éveillant le lendemain, Vincent se sentit bien dans sa peau. Il demeura au lit quelques minutes à faire le point sur la nouvelle phase qui commençait. Il était temps pour lui de reprendre une « vie normale ». Il était prêt. Mais qu'est-ce qu'une vie normale quand vous vivez avec un secret insupportable, quand vous avez assassiné votre femme et deux types en pleine partouze et que votre crime est si bien maquillé que, plus de six mois après les faits, rien n'a été découvert? qu'on ne suspecte même pas qu'il y a eu crime? Qu'est-ce qu'une vie normale après un séjour de quelques mois dans une clinique psychiatrique?

Reprendre le boulot? Quels sont le sens et la valeur d'une « carrière » quand vous vous retrouvez complètement hors circuit sans que cela ne dérange ni n'inquiète personne, et que rien n'ait changé dans votre train de vie?

Vincent se souvint d'une étude sur la motivation et le bonheur au travail à laquelle il avait participé lui-même comme répondant et qui avait paru dans un magazine d'affaires. L'analyse portait sur trois questions simples mais jugées fondamentales par les chercheurs. Faites-vous ce que vous aimez? Aimez-vous ce que vous faites? Et si c'était à refaire, que feriez-vous?

À l'époque, ses propres réponses avaient été claires et spontanées. Oui, il faisait ce qu'il avait désiré faire dans la vie. N'avait-il pas engagé pour cela de nombreuses années d'études? Oui, il aimait ce travail sans réserve et si c'était à refaire, bien sûr qu'il referait exactement la même chose!

Aujourd'hui, les réponses ne venaient pas aussi facilement. Elles n'étaient plus aussi catégoriques. Pour être franc, elles n'étaient pas claires du tout. En fait, la question qui se posait la première en ce matin d'avril était la dernière du questionnaire. « Si c'était à refaire, que feriez-vous? » C'est celle qui avait le plus souvent amené des réponses telles que « Ne sait pas » ou « Refus de répondre » auprès des personnes interrogées.

Comme l'indiquait l'analyse de l'enquête, les réactions reçues pour cette partie de la consultation étaient décevantes. Il ressortait de l'étude que peu de gens avaient pris le temps d'y réfléchir sérieusement, ne fût-ce qu'une seule fois dans leur vie. La plupart s'étaient laissé séduire par les métiers à la mode ou avaient été guidés par des considérations familiales ou économiques, sans se préoccuper du fait qu'ils consacreraient plus du tiers de leur existence à exécuter un travail qu'ils auraient choisi plus ou moins volontairement ; qu'ils aimaient, bien sûr, d'une certaine manière, comme on finit par s'attacher à une obligation dont on s'acquitte bien et qu'on doit répéter tous les jours – il faut bien faire quelque chose.

Mais pour la plupart des gens, leur gagne-pain était une condamnation avec sursis temporaire entre le vendredi soir à cinq heures et le lundi matin à neuf heures en attendant la libération finale qui arriverait, s'ils survivaient jusque-là, vers l'âge de soixante-cinq ans.

Qu'est-ce que je vais faire à présent ?

Plus précisément : qu'est-ce que *j'aimerais* faire à l'avenir ? Seule cette question valait la peine d'être posée pour Vincent. Pour des raisons évidentes maintenant, retourner au bureau ne lui semblait pas du tout indiqué. Le simple fait d'y penser lui donnait une légère crispation. Un trac. La gêne d'affronter ses associés et en particulier le personnel après cette longue absence de chez Lambert, Morin & Ross y était peut-être pour quelque chose, mais, à la réflexion, ce n'était pas ça. Après quelques jours où il aurait à répéter qu'il allait bien, bla, bla, bla, tout le monde le laisserait tranquille dans l'effervescence de la besogne et il ne doutait pas un instant qu'il pourrait mener à bien son travail : son professionnalisme reprendrait le dessus presque automatiquement. Non, à la vérité, l'envie n'y était tout simplement plus. Le cœur n'y était pas. Il vivait dans une espèce de décalage depuis des mois et son retour chez lui, même dans les conditions idéales et avec un suivi médical, ne faisait qu'accentuer cette rupture avec le monde d'avant les événements. Sa propre demeure lui semblait maintenant étrangère. Il se donna quelques jours encore pour prendre une décision, mais d'ores et déjà il lui paraissait évident qu'il ne retournerait pas chez Lambert, Morin & Ross. Jamais.

Cette décision lui fit beaucoup de bien, et il ressentit une détente immédiate dont l'effet se prolongea dans les jours qui suivirent. Mais qu'aimait-il vraiment? Non pas quels étaient ses intérêts, mais bien plutôt qu'aimait-il assez passionnément pour y consacrer le reste de sa vie? La réponse n'était pas plus évidente, même après qu'il eut subitement laissé tomber cet immense pan de sa vie qu'avait été son métier. Vincent savait bien qu'il aurait été illusoire de croire que le vide créé par cet abandon allait se combler spontanément et sans effort. Découvrir ce qu'il aimerait faire de sa vie lui apparaissait comme un travail, une tâche importante à laquelle il se consacrerait totalement dès maintenant.

Après avoir tenté à plusieurs reprises de dresser l'inventaire de ses goûts et de ses aptitudes, Vincent revenait inévitablement à la case départ. Chaque fois qu'il ressuscitait un désir enfoui au fond de lui, qu'il exhumait un rêve inavoué ou un vieux projet sans cesse remis à plus tard, à l'instant même une question surgissait et refroidissait immédiatement le peu d'optimisme qu'il venait de retrouver: *Oui, mais est-ce assez puissant pour durer le restant de mes jours?*

En son for intérieur, il enviait ces artistes, ces hommes d'affaires, ces scientifiques ou ces personnalités œuvrant dans des organismes humanitaires qu'il voyait invités à la télévision ; tous habités par des mobiles profonds, poursuivant des buts qui les dépassaient mais qu'ils finissaient par atteindre, cultivant des rêves insensés qu'ils réalisaient malgré les pièges du quotidien et les embûches de ce monde compétitif, impitoyable, hostile et mesquin.

J'en demande trop, sans doute. Peut-être que je n'ai pas ce qu'il faut.

Au bout de plusieurs journées entières, torturé à réfléchir à son avenir, Vincent en vint à se dire avec sagesse qu'il n'y avait pas tant à se presser. Il sortait à peine de sa dépression.

Après tout, j'ai mis plus de dix ans à réussir dans mon métier de courtier. La fortune m'a souri, je suis libre et, à mon âge, je pourrais devenir beaucoup plus riche, ou ne plus jamais travailler de ma vie.

Vincent rencontra Lambert et Ross la semaine suivante pour leur annoncer son intention de quitter la firme. Ses associés lui demandèrent, pour la forme, de prendre quelque temps encore pour réfléchir à sa décision qui leur semblait un peu précipitée, bien qu'ils n'en fussent pas absolument surpris. Ils s'y attendaient, d'une certaine manière, et quand Vincent vit avec quelle rapidité ils lui offrirent de racheter sa part de l'entreprise, il fut ravi de ne pas avoir à débattre davantage avec eux de sa résolution. Il accepta la somme sans négocier. En fait, il avait décidé d'avance d'approuver toute offre raisonnable, entendant par là toute proposition qui ne serait pas ouvertement insultante.

En plus de quitter la firme, Vincent avait également prévu de se débarrasser de son immeuble à bureaux, de même que de son restaurant. Repartir de zéro était pour lui plus qu'une simple décision,

il s'agissait véritablement d'un besoin. Il chargea
son ami Claude de s'occuper de l'affaire.

Au début de mai, un peu après la signature du
contrat par lequel Lambert et Ross devenaient les
seuls propriétaires de l'entreprise, une fête fut
organisée dans un grand hôtel de la métropole pour
célébrer la transaction. Les anciens associés de
Vincent avaient tout fait pour qu'il soit honoré de
façon appropriée. Ils avaient invité une centaine de
personnes choisies dans le milieu des banques, des
affaires et de la politique. Tous les employés de
Lambert, Morin & Ross furent présents, de même
que les meilleurs clients de Vincent, les clients de
prestige de la firme et quelques dirigeants d'orga-
nisations concurrentes qui vinrent avec empressement
le saluer. Au dessert, après les discours d'usage, on
offrit à Vincent une croisière de trois mois autour
du monde, façon de lui signifier avec humour qu'on
l'aimait bien, mais le plus loin possible dans l'im-
médiat. Après la longue et chaleureuse ovation qui
suivit son allocution de remerciement et d'adieu,
quand Vincent se rassit au centre de la table d'hon-
neur et que les conversations joyeuses eurent repris
autour de lui, il se prit à examiner la salle. Parmi la
centaine de personnes réunies, dont quelques-unes
étaient devenues très riches grâce à lui, il ne comptait
aucun ami.

Mai 2003

Le printemps avait toujours été la saison préférée de Vincent Morin, aussi passa-t-il le début du mois à lire et à préparer le terrain autour de la maison pour l'été. L'exercice physique auquel il avait commencé à s'adonner à la Maison de repos d'Outremont se poursuivit après qu'il eut acheté une bicyclette beaucoup plus performante que celle qu'il avait jetée aux ordures le mercredi matin suivant le crime, sept mois plus tôt. Depuis sa sortie de la Maison de repos, il avait perdu six kilos grâce à l'entraînement, mais aussi à un régime équilibré dans lequel le gin prenait une place beaucoup plus raisonnable. Vincent ne vivait pas heureux dans ce qu'il considérait comme une convalescence prolongée, cependant il vivait en paix avec lui-même.

Il partait à bicyclette dès l'aube et roulait au hasard, ne revenant à la maison qu'après avoir parcouru trente ou quarante kilomètres, souvent plus. Pendant qu'il circulait par les chemins de campagne, en ce printemps hâtif, il ne pensait à rien, se laissant étourdir par les odeurs de terre et de forêt. Il se perdit à quelques reprises, ne sachant plus où il s'était aventuré dans l'euphorie de la promenade, et il dut demander de l'aide pour retrouver le chemin du retour. Il emportait parfois une paire de jumelles et le guide Roger Tory Petersen des oiseaux du Québec et il s'arrêtait souvent pour contempler ceux qu'il appelait ses « amis ».

Un jour, en regardant dans ses lunettes d'approche, il découvrit entre deux érables ce qu'il présuma être les vestiges d'une construction. Il s'approcha de la chose, intrigué, mais il fut stoppé par un large fossé qui avait été récemment creusé par quelque travailleur forestier. C'était justement cette brèche qui lui avait permis d'apercevoir l'ouvrage. Il descendit de vélo et, toujours poussé par une curiosité inusitée, il parcourut à pied le reste du trajet pour atteindre une clairière de l'autre côté des arbres bourgeonnants. La vue du tas de poutres calcinées et entremêlées qui s'y trouvait lui évoquait quelque chose, mais ce n'est qu'après en avoir fait le tour qu'il comprit qu'il s'agissait de l'usine abandonnée.

Notre usine !

Il y était arrivé par un chemin opposé à celui qu'il avait emprunté pendant des années. Il stoppa net, le cœur battant, et recula lentement, comme si la chose allait se mettre à se reconstruire sournoisement d'elle-même et à l'attaquer comme dans un roman de Stephen King.

Comment ai-je pu venir jusqu'ici inconsciemment ?

Il s'approcha de l'amas de poutres brûlées, en refoulant à peine la terreur qui s'emparait de lui, commandé beaucoup plus par une curiosité angoissée que par son courage. Mais ce qu'il n'y vit pas le rassura : rien dans les décombres ne permettait de supposer qu'une voiture s'y trouvait enfouie. Revenant à lui, il quitta les lieux précipitamment. Il rentra chez lui à l'épouvante, certain qu'il ne retrouverait la sécurité qu'après s'être enfermé à l'abri des murs de sa maison.

L'épisode le laissa complètement déprimé. D'une part, cet événement lui confirmait que rien n'avait été découvert jusqu'à maintenant mais, d'autre part, cela prouvait qu'il était vulnérable et que le hasard pouvait l'entraîner dans des situations dont il ne se sortirait pas indemne. Il avait eu de la chance aujourd'hui, l'endroit était désert, mais comme disait une loi dont le nom lui échappait : « Le pire peut arriver, va arriver, et il arrivera au pire moment. » D'ailleurs, avec tous les moyens dont disposait la police scientifique, comment pouvait-il vraiment espérer s'en tirer ? Il fallait déjà être cinglé pour avoir commis ces meurtres horribles. Quelque chose ne tournait pas rond chez lui, la preuve en était faite, et quelqu'un le découvrirait inévitablement, tôt ou tard.

Vincent laissa passer plusieurs jours avant de reprendre ses promenades, avec plus de prudence, prévoyant davantage ses circuits pour éviter à tout prix les deux endroits sur terre où personne ne devait jamais l'apercevoir. De toute façon, l'été allait commencer dans quelques semaines, on était déjà à la fin de mai, et il s'était peu à peu lassé de ces randonnées redondantes. Ses expéditions avaient tout simplement perdu de leur intérêt. Il prenait des heures à planifier plutôt la croisière qu'il entreprendrait en juillet, lisant tout ce qu'il trouvait sur les pays qu'il allait visiter sur son itinéraire.

Il avait acheté un atlas moderne un peu encombrant, il fallait bien le dire, qui traînait en permanence sur la table de sa bibliothèque, de même que des récits de voyage d'auteurs célèbres. Vincent était convaincu qu'un voyage est d'autant plus réussi qu'il est d'abord rêvé et que rien ne vaut une image poétique comme anticipation du plaisir. Bien entendu, la réalité démentait généralement ces mirages et, lors de ses périples antérieurs, une fois sur les lieux, Vincent avait maintes fois éclaté de rire en comparant l'évidence de la réalité avec le mythe qu'il s'était fabriqué. Il avait un jour fait rigoler des collègues français quand il leur avait raconté que son tout premier voyage en France l'avait un peu déçu dès les premières heures alors qu'il n'était pas tombé nez à nez, comme il s'y attendait, avec Jean Gabin ou Lino Ventura en imperméable au détour du quai des Orfèvres à Paris.

Tous ses achats récents de livres et les nombreux dépliants de l'agence de voyages embarrassaient sa table de travail, de sorte que Vincent décida de leur faire un peu de place dans sa bibliothèque en commençant par enlever quelques ouvrages de référence qui ne servaient plus depuis sa retraite des affaires. Il avait monté du sous-sol une boîte de carton qu'il avait déjà remplie à moitié quand un morceau de plastique blanc rectangulaire tomba à ses pieds. Il avait dû glisser de *The Bond and Money Markets : Strategy, Trading, Analysis*, de Moorad Choudhry, qu'il tenait encore dans ses mains. Vincent se pencha, ramassa le morceau de plastique et le retourna machinalement. Il fit un mouvement pour le jeter, mais une impulsion l'en retint. Pendant quelques secondes, il contempla l'objet sans réaliser de quoi il s'agissait. Les battements accélérés de son cœur auraient dû lui faire comprendre qu'un danger était imminent, mais lui-même ne réagissait pas. Comme si son cerveau n'arrivait pas à se mettre d'accord avec ce qu'il avait devant les yeux.

C'était une simple accréditation pour un congrès. L'en-tête annonçait, en rouge :

17e CONGRÈS ANNUEL
DES OPTICIENS D'ORDONNANCES

Et en dessous :

Samuel Readman
Bausch & Lomb
Rochester, NY
U.S.A.

Il y avait une photo. C'était l'homme à la Cadillac DeVille.

Vincent resta cloué sur place. Quand le livre qu'il tenait encore de la main gauche tomba sur ses pieds, il ne sentit pas la douleur. Une bombe aurait explosé dans la maison qu'il n'aurait rien entendu. Toute la pièce s'était obscurcie soudainement. Sa vision s'était rétrécie pour n'encadrer que le laissez-passer tremblant au bout de ses doigts. Les sueurs froides dans son dos le firent tressaillir, et ce n'est qu'à ce moment qu'il reprit malgré lui conscience de ce qui se passait. La preuve qu'il avait tant cherchée, la pièce à conviction qu'il espérait ne jamais découvrir était devant lui. Mais la pensée qui jaillit aussitôt dans son esprit fut plus terrifiante encore : *quels autres indices comme celui-ci demeuraient cachés dans la maison ?*

◆

Le sergent-détective Francis Pagliaro était en contact téléphonique avec le détective Raymond Mazerolle de la Police de Rochester un vendredi sur deux depuis la disparition de Samuel Readman. Un appel de quelques minutes à peine, pendant lesquelles des informations étaient échangées. Presque rien, en fait, depuis des mois. Il repoussa cette conversation à la fin de sa journée de travail. La Cadillac n'avait pas été retrouvée. Aucun signe de vie de Samuel Readman. Aucune piste valable ne s'était présentée aux enquêteurs, de part et d'autre de la frontière canado-américaine. Pas plus en Ontario. À moins d'un miracle – et Pagliaro ne croyait pas aux miracles –, le dossier demeurerait froid pendant longtemps.

Ce n'est qu'après avoir appris au début de janvier qu'un Norvégien du nom de Pedersen avait disparu à Montréal à peu près au même moment que l'Américain que l'enquêteur avait repris un peu espoir. La découverte de Pedersen mènerait-elle éventuellement à Readman ? Mais peut-être s'agissait-il d'un synchronisme, une simple simultanéité de deux événements sans lien entre eux. Une bête coïncidence, en quelque sorte, bien que Pagliaro ne crût pas plus aux coïncidences qu'il ne croyait aux miracles. Soit un rapport causal existait entre les deux disparitions, soit il n'existait pas. Un point c'est tout. Qu'il fût difficile à découvrir était le problème de la police. Son problème. Il songea à ses lectures de Karl Gustav Jung et au concept de synchronicité : plusieurs événements qui arrivent en même temps et qui ne sont pas unis par une cause commune, mais qui ont le même sens. Quelle était la signification de tout cela ?

À chacun son bout de la lorgnette pour examiner les choses, pensa-t-il.

Pour sa part, la preuve était faite que, de façon plus triviale, le travail de police consistait généralement en un exercice perpétuel de procédure, les découvertes les plus intéressantes provenant le plus souvent d'une application minutieuse, quoique fastidieuse, de la seule méthode vraiment éprouvée : la persévérance.

« S.Q. ? avait l'habitude de blaguer Martin Lortie. Sûreté du Québec ? Plutôt : Sueurs Quotidiennes !

— As-tu essayé *Statu Quo* ? » ajoutait parfois Pagliaro, caustique.

La piste Pedersen était une de ces pistes qu'on suivait par acquit de conscience sans savoir où elle pouvait aboutir. Malgré les efforts du F.B.I. et ceux de la Sûreté du Québec, jusqu'à maintenant cette piste n'avait mené nulle part. Le Norvégien n'avait pas été retrouvé lui non plus. Ni au Québec ni sur le territoire américain. On ne connaîtrait sans doute jamais la cause et la signification de ces absences.

Karl Gustav Jung vs Francis Pagliaro : match nul.

Pagliaro prit le rapport d'une affaire d'extorsion qui l'avait entièrement occupé pendant des mois. S'il n'était pas trop dérangé par toutes sortes d'impondérables, il en terminerait la rédaction le jour même. Deux membres en règle d'un gang de motards avaient réussi à soutirer des dizaines de milliers de dollars à un entrepreneur qui se spécialisait dans le domaine de la construction de centres d'hébergement pour personnes âgées. Une « petite commission » avait été exigée de sa part parce qu'il exerçait en dehors de son territoire, empiétant ainsi sur le terrain déjà contrôlé par la pègre montréalaise. « Une faveur », lui avait-on expliqué, vu qu'il était connu aussi comme contributeur important à la caisse électorale du parti au pouvoir.

Le contracteur, un citoyen du Lac-Saint-Jean, avait d'abord payé sa dîme, mais il s'était finalement rebiffé et avait contacté son député, qui l'avait aiguillé vers la Sûreté quand les demandes incessantes des voyous étaient devenues carrément abusives. Comme si elles ne l'avaient pas été dès le départ...

L'opération menée par Pagliaro et son équipe avait alors mis au jour un réseau de corruption et d'extorsion s'étendant sur tout le territoire de la métropole, et même au-delà. Une enquête qui avait exigé des mois de travail obstiné. Le rapport de Pagliaro serait dans les mains des procureurs de la Couronne le lundi à la première heure. Quelques parlementaires devraient bientôt se promener les fesses serrées...

Quand Francis Pagliaro mit le point final à son rapport, il était huit heures du soir, et c'est à ce moment qu'il se rappela qu'il aurait dû appeler Raymond Mazerolle dans la journée. La routine. Il composa le numéro habituel.

Comme prévu, le détective américain n'était plus au RPD. Mais son adjoint, en service ce soir-là, reconnut la voix de Pagliaro et lui donna le numéro personnel de son supérieur. « Appelez-le sans gêne, sergent, dit le détective Peter Short. Il m'a dit qu'il attendait votre appel. »

Pagliaro composa le numéro et tomba sur Clara, l'épouse de Mazerolle.

« Ah, monsieur Pagliaro, je suis désolée, Ray n'est pas ici, il vient de partir pour le Dinosaur. Il joue ce soir.

— Il joue ?!

— Oui, il joue.

— Il joue ?... Il joue à quoi ?

— Ah ! Il ne vous l'a pas dit ? Du saxophone ! Il joue du sax dans un band de blues depuis des années, un peu partout dans l'État de New York. En mai, c'est toujours au Dinosaur Bar-B-Que, ici à Rochester. En juin, c'est au Dino de Syracuse. Les vendredis et samedis. Enfin, quand ses enquêtes le lui permettent. Ils ont du succès, vous savez...

— Ah bon, non, je ne savais pas... pouvez-vous lui dire de m'appeler ?

— Vous pouvez le joindre sur son cell. Il ne commence pas avant dix heures. »

Pagliaro raccrocha.

Un détective saxophoniste de blues ! Welcome to America !

Il composa immédiatement le numéro que lui avait donné Clara. Mazerolle répondit de sa voiture, avec le ton chantant de son accent du Nouveau-Brunswick.

« *Hey !* Francis ! *Hi !* T'as queq'chose de nouveau pour moi ?

— Rien du tout. J'appelais pour savoir si *toi* tu avais...

— *Nothing, sorry !*

— Mais, dis-moi, Ray, je viens d'apprendre que tu joues du saxophone...

— *Oh yes !* Je fais ça depuis le collège, tu sais. Je joue du blues. *Nothing but the blues.* Tu aimes la musique, Francis ?

— J'écoute surtout de la musique classique. Du Schubert en particulier.

— *Oh well, Schubert is not really on my playlist, man*, mais la bonne musique, c'est la bonne musique !

— C'est bien vrai !

— On va peut-être jouer à Montréal cet été, au *Jazz Festival*. Tu pourrais venir nous voir *live on stage*...

— Ce serait avec plaisir. Tiens-moi au courant.

— *Sure thing, my friend. I'll be in touch.* »

◆

Dans les heures suivant la découverte du laissez-passer, Vincent fut plongé dans un état de panique qui le ramena des mois en arrière. Il songea à fouiller sa bibliothèque à la recherche d'autres preuves incriminantes, mais ses jambes refusèrent tout simplement de le porter. Décidément, il avait vu juste quand il avait compris d'instinct que sa bibliothèque était devenue une sorte de complice de ses ennemis. Loin de lui apporter le soutien dont il avait besoin, ses livres avaient conservé, comme un receleur, la preuve incriminante tant recherchée. Voilà qu'ils la lui recrachaient maintenant au visage. Il dut s'appuyer sur le coin du bureau pour ne pas tomber.

Un soir d'octobre de l'année précédente, il était rentré chez lui en avance de façon imprévue. *Coïncidence* : sa femme était en train de forniquer avec deux partenaires. L'autre jour, il avait retrouvé *par inadvertance* le tombeau de l'homme à la Cadillac. Aujourd'hui, le laissez-passer était tombé à ses pieds, *accidentellement*. Le hasard, qui fait bien les choses, avait décidément un goût de cynisme.

Vincent alla à la cuisine et, dominant à peine le tremblement de ses mains, il se versa un triple gin.

Il ne retourna pas dans son bureau, mais alla plutôt s'asseoir dehors pour fuir l'étau que sa maison représentait tout à coup. Il avait besoin de respirer plus à son aise. Il se laissa tomber sur la première chaise qu'il trouva. De là, il avait une vue parfaite de l'habitation. C'était une belle construction de pierres. Pas très grande, mais qui suffisait amplement pour deux personnes. France et lui n'avaient pas eu d'enfants et n'en avaient jamais discuté ensemble.

Cela allait de soi, apparemment. Lui était trop occupé par ses affaires, et elle…

Elle ?

Il n'en savait rien, finalement.

La présence d'enfants dans leur vie aurait-elle changé quelque chose à ce qui était arrivé ? Sans doute, mais la question n'était plus là.

Cette maison, ils l'avaient aimée dès qu'ils l'avaient vue, dix ans auparavant. Trois chambres ; celle des maîtres, à l'étage, la chambre d'amis, au rez-de-chaussée, et une troisième pour la bibliothèque. La chambre d'amis n'avait jamais servi avant maintenant. La salle à manger spacieuse n'avait reçu d'invités qu'à de rares occasions ; Vincent préférait recevoir au restaurant, cela lui laissait plus de liberté pour fixer l'heure du départ. Il ne comprenait d'ailleurs pas les gens dont la maison était ouverte. Ayant perdu en bas âge ses parents dans un accident de voiture, il avait vécu seul avec sa grand-mère, puis seul avec sa femme, et considérait la maison comme un endroit privé. Personnel. Comme les vêtements : on ne prête pas ses vêtements. Il avait aimé cette maison : maintenant elle l'effrayait. Une menace, un piège, comme une prison.

Claude venait à présent le voir presque tous les soirs, et Vincent avait retrouvé un ami à plein temps. Sa présence lui suffisait amplement. Ils passaient de longues heures à jouer inlassablement au scrabble, à discuter si peu que pas, à boire leur gin ou à lire dans la bibliothèque. Claude se plongeait toujours dans ses livres de droit qu'il apportait. Vincent, lui, lisait de plus en plus de poésie, la vraie, répétait-il à son ami, la seule : « Celle qui tend vers le silence. » Ce silence qu'ils partageaient depuis des années.

Claude.

Avait-il pressenti quelque chose de son terrible secret ? Pourquoi avait-il tout fait récurer aussi promptement ? Aussi parfaitement ?

C'est du nettoyage extrême : à la limite, il soupçonne sans le savoir que la maison a quelque chose à voir avec la disparition de France.

Comment deviner ?

La date du départ pour sa croisière approchait. Plus qu'un mois et demi à patienter et il serait enfin délivré. Il n'aurait plus à vivre dans ce tourment perpétuel. Mais il reviendrait de voyage. Dans cette même propriété. Tout serait à recommencer. Sa poitrine se contracta à l'idée qu'il pourrait retomber dans l'état d'abattement, la dépression qui l'avait presque tué pendant l'hiver. Il n'en était pas quitte avec cette maudite maison.

Vincent rentra et se remit à ses préparatifs de départ, en espérant que le fait de s'occuper à quelque chose l'aiderait à chasser ses pensées sombres. Il prit sans grande conviction deux heures pour faire le ménage de ses papiers importants, polices d'assurance, certificats de placements, paperasse générale dont il avait négligé le suivi depuis des mois et qu'il avait l'intention de déposer dans son coffret de sûreté durant son absence prolongée de chez lui. La tête vide, il s'installa ensuite devant la télé avec une bière. Le journal de fin de soirée était commencé ; les informations internationales déjà passées, le présentateur en était aux nouvelles locales : « Les dépenses pour des rénovations domiciliaires sont à la hausse, d'après la Société canadienne d'hypothèque et de logement. Selon une étude menée auprès de plus de dix mille foyers, plus de trente-quatre pour cent des propriétaires de maisons unifamiliales préfèrent rénover plutôt que de déménager. Un plus faible pourcentage de gens rafraîchissent aussi leur domicile avant de le mettre en vente. La Société rappelle cependant aux propriétaires que les dépenses encourues pour la revente n'ont pas pour effet d'augmenter la valeur de leur domicile, elles ne font que la rendre plus attrayante auprès des acheteurs potentiels. Il est donc conseillé… »

Bla, bla, bla…

Vincent s'en voulut d'avoir perdu son temps à écouter ce reporter ennuyant, mais lorsqu'il éteignit la télé une idée germa dans son esprit. Pendant qu'il prenait une douche rapide, un vague projet commença à s'élaborer. Une heure plus tard, incapable de dormir, il réfléchissait toujours à son plan. Il se dit que la maison était dans un état impeccable. Comme jamais elle ne l'avait été. Les planchers de bois franc étaient usés à certains endroits plus passants, bien sûr, mais cela était réparable, et à peu de frais. Sa propriété deviendrait alors plus attrayante, comme l'avait affirmé le commentateur. Une simple retouche cosmétique.

Finalement, songea-t-il, quelque six semaines à peine avant l'embarquement pour cette croisière qui le garderait éloigné pendant trois mois, le moment était opportun pour prendre une décision. Il ferait revernir les planchers, ce qui mettrait la touche finale au travail commencé par Claude. Il viderait la demeure de tous ses effets personnels – une maison *libre immédiatement* se vend mieux – et il emménagerait dans un condo meublé pour le temps qu'il lui restait avant son départ.

Claude avait raison. Je vais me débarrasser de ce fardeau.

JUIN 2003

Muni d'une copie de la photo de passeport de Samuel Readman, le sergent-détective Francis Pagliaro faisait le tour des kiosques et des salles de conférences. Il avait également en main une photo de famille sur laquelle on distinguait le visage de Jens Pedersen. Une intuition de dernière minute, sinon une vieille habitude de policier, ne jamais rien laisser au hasard quand on croit tenir une piste, même ténue. Un réflexe d'enquêteur.

Il avait tenu à assister personnellement à ce meeting organisé à Toronto par l'Association des opticiens du Canada, la même organisation qui avait programmé le 17e Congrès annuel de Montréal en octobre 2002. Il y était allé seul. Avec un peu de veine, il espérait retrouver sur les lieux le Québécois qu'il recherchait parmi les trois mille quatre cents membres que comptait l'AOC. L'homme qui avait été aperçu en compagnie de Samuel Readman. Bien entendu, tous les membres de l'AOC ne seraient pas présents à Toronto. Pagliaro avait estimé cependant qu'il devait tenter sa chance, même si pour cela il devait laisser en suspens, pendant un jour ou deux, les enquêtes qui le retenaient à Montréal. Il avait décidé d'y aller aussi parce qu'avait lieu à Toronto, pendant les mêmes jours, le 21 et le 22 juin, un colloque ouvert aux forces policières du pays tout entier afin de discuter de l'utilisation du Taser, arme dont l'usage ne faisait pas l'unanimité dans la société, ni même au sein des services de police. Des policiers d'expérience et des experts scientifiques étaient attendus pour des conférences et des séminaires. Des représentants du fabricant y étaient également conviés. Ils seraient sûrement convaincants au moment de leur présentation. Pagliaro avait pensé qu'il pourrait faire un saut à ce symposium, une fois sa recherche chez les congressistes opticiens terminée. Mais seulement si le temps le lui permettait.

Lui-même trouvait que l'emploi du Taser était abusif dans bien des cas. Il prônait le recours aux moyens plus traditionnels de capture, de restriction et de contention quand la négociation ou la médiation n'avait pas réussi. Sans l'avouer ouvertement à qui que ce soit autour de lui, il jugeait souvent le comportement des jeunes policiers assez couard, c'est le seul mot qui lui venait à l'esprit, lorsqu'il s'agissait d'affronter à plusieurs, Taser au poing, un malheureux drogué hors de lui ou un malade mental en pleine crise sous prétexte que ces contribuables représentaient un danger pour leur sécurité. N'étaient-ils pas payés justement pour ça, assumer ces risques ? Armés, casqués, lunettés, veste pare-balles sur le dos, boucliers dressés, ces mêmes policiers n'hésitaient pas par ailleurs à frapper et à insulter des manifestants désorganisés. Plusieurs de ces recrues pratiquaient en outre des sports portant tous le suffixe d'*extrême* : parachutisme extrême, base-jumping extrême, plongée extrême, descente de montagne à vélo extrême, etc. À les entendre, ils engageaient des sommes colossales dans ces loisirs de luxe et y consacraient une bonne part de leurs heures de repos. Un jour qu'il avait surpris une conversation animée de ces *extrémistes* à la cafétéria, Pagliaro leur avait demandé s'ils étaient intéressés à faire partie d'un groupe de formateurs de policiers à l'étranger, en Haïti, par exemple, ou en Afghanistan, question d'expérimenter de vraies activités à haut risque, où leurs talents et leur compétence seraient mis à contribution. Il avait laissé quelques mémos annonçant ces programmes d'engagement volontaire sur la table à leur intention. Il les avait retrouvés intacts trois heures plus tard, exactement là où il les avait déposés.

Pour ce qui est du Taser, sans doute sa propre hérédité cardiaque inspirait-elle à Pagliaro une méfiance toute naturelle et instinctive envers cet outil dangereux – il causait une incapacité neuromusculaire momentanée – et, dans certains cas documentés, mortel.

C'est au cocktail de bienvenue qui se tenait dans le hall de l'hôtel, le premier soir, qu'il tomba sur une jeune femme qui fut surprise quand il prononça le nom de Samuel Readman, même si les photos ne lui disaient rien.

« Mais je viens juste de rencontrer quelqu'un, il y a deux minutes, qui cherche aussi un monsieur Readman…

— Quelqu'un qui cherche… ?!

— Oui, le petit maigre qui s'en va, là-bas ! Celui qui porte une veste brune. »

Pagliaro se précipita aux trousses de l'homme. En moins de dix secondes, il l'avait rattrapé.

L'homme sembla surpris quand l'enquêteur l'interpella.

« Qu'est-ce que… ? »

Son regard interrogateur scrutait le visage du policier, qu'il cherchait en vain à reconnaître.

« Vous connaissez ces hommes ? » demanda aussitôt Pagliaro en français puisque l'autre s'était interrogé dans cette langue.

L'homme porta les yeux sur les photos que le policier tenait à la main.

« Mais c'est Sam ! »

Il devint soudainement inquiet.

« Une photo ? Pourquoi une photo ?… Vous connaissez Samuel Readman ?

— Non. Je suis policier. Francis Pagliaro, Sûreté du Québec. Et vous ?

— Frédéric Lemay. Je suis opticien à Baie-Comeau. Sam et moi, on se retrouve quasiment dans chaque congrès. Je le cherche, justement.

— Samuel Readman est porté disparu depuis le congrès de Montréal en octobre dernier, où vous étiez présent, vous aussi. Je me trompe ? »

L'homme ne répondit pas, toujours sous le coup de l'émotion.

« Sam ?… Sam a disparu ?

— Voulez-vous m'accompagner au bar ? reprit Pagliaro. Nous y serons plus à l'aise pour parler, j'ai des questions à vous poser. »

Les deux hommes étaient installés dans un petit salon qui servait de trop-plein à la clientèle du bar et ils attendaient que le serveur apporte leur consommation avant d'engager la conversation. Frédéric Lemay demeurait tendu, ne sachant pas trop ce qu'il avait à craindre de ce policier de la Sûreté venu jusqu'à Toronto pour l'interroger sur son ami Readman.

« Et sur cette autre photo, demanda Pagliaro, c'est quelqu'un que vous connaissez aussi ? »

Lemay prit la photo et la regarda attentivement, mais il avait l'air dubitatif en la remettant à l'enquêteur.

« J'suis pas sûr. Peut-être que je l'ai rencontré à Montréal, la dernière fois. Y avait un gars qui avait un accent. Je veux dire qu'il parlait anglais avec un accent. Ça pourrait bien être lui. Il connaissait Sam depuis peu. Mais votre photo est prise de loin…

— Il s'appelle Pedersen et il est Norvégien.

— Pedersen ? Oui, peut-être. Vous savez, Pedersen, Johansen… mais, oui, c'était un Norvégien.

— Il a disparu lui aussi.

— Mon Dieu ! »

Pagliaro examinait Lemay, qui avait baissé aussitôt les yeux malgré lui. Il se contorsionnait dans son fauteuil, en évitant le regard du policier.

« Monsieur Lemay, comment avez-vous connu Samuel Readman ?

— Ah !… On se connaît depuis des années. Je l'ai rencontré pour la première fois dans un congrès. C'était un voisin de chambre à l'hôtel. Jour après jour, on sortait en même temps de nos chambres chaque matin, comme si on avait été synchronisés. Ça nous a amusés et on a fraternisé. On a pris le petit-déjeuner ensemble à la cafétéria de l'hôtel. Souvent on sort aussi ensemble en ville, le soir. On a des goûts communs… »

Lemay rougit. Visiblement, il avait trop parlé. Il se tut.

« Des goûts communs ?

— Des goûts… enfin… des…

— Monsieur Lemay, Samuel Readman a disparu en même temps que Pedersen, peut-être le même jour. Le 14 octobre dernier. Peut-être ensemble. Si vous savez quelque chose qui peut nous aider, c'est le temps d'en parler. Soyez sans crainte, si vous n'avez rien commis de répréhensible, ça restera entre nous.

— Je suis marié.

— Moi aussi…

— J'aime ma femme.

— J'en suis persuadé. Allez. Dites-moi. »

Lemay prit une gorgée de sa bière, qu'il n'avait pas encore touchée. Il en but un bon tiers et reposa le verre sur la table avec un mouvement brusque qui le fit s'excuser. Pagliaro lui sourit.

« Parlez-moi de ces goûts communs. »

L'homme changea de position dans son fauteuil devenu tout à coup inconfortable. Pagliaro sentit qu'il avait envie de parler, mais qu'il cherchait ses mots. Des mots qu'il voulait les plus brefs et les plus irréprochables. Inattaquables.

« On sort dans des bars, dit Lemay. On sort voir des femmes. Sam est marié, lui aussi. On veut juste s'amuser. On trouve partout des femmes qui veulent juste s'amuser aussi. On danse, on boit, on flirte. Des fois ça va plus loin. Pas forcément des prostituées. Des femmes mariées. Des mères… Pas toujours jeunes. On s'en fout, on n'est pas très jeunes nous non plus…

— …

— Quand on a de la chance, on va chez elles. Sinon, on loue des motels.

— Est-ce qu'il s'est passé quelque chose de spécial lors du congrès de Montréal ?

— Concernant des femmes ?

— Concernant des femmes ou n'importe quoi d'autre hors de l'ordinaire.

— Le lendemain de la fin du congrès, c'était lundi.

— Le 14 octobre.

— Le 14 octobre. Ouais… On est allés virer à Laval à la fin de l'après-midi.

— Et le Norvégien ?

— Ah oui ! C'est vrai ! Le Norvégien était avec nous cette fois-là !

— Donc, tous les trois. C'était à quelle heure, plus précisément ?

— On a dû arriver à Laval vers cinq heures et demie. Je me rappelle que Sam a dit en descendant de son auto : j'ai dépassé l'heure de mon apéro !

— Pourquoi à Laval, c'est un peu loin du centre-ville, non ?…

— En banlieue, c'est mieux… j'veux dire, on… on…

— Vous séduisez *plus* en banlieue ?

— C'est ça, on n'a pas la concurrence des jeunes gars de vingt ans du centre-ville. En plus, Sam avait promis d'emmener son nouvel ami scandinave voir un bar de danseuses typique du Québec.

— Et c'est plus typique à Laval…

— C'est ça !

— Qui conduisait ?

— Sam. Et moi aussi parce que j'avais décidé de garder mon auto. Je voulais reprendre le trajet pour Baie-Comeau le soir même, quitte à coucher en chemin à Québec. J'avais gardé mon auto, en tout cas.

— Et Samuel Readman ?

— Sam avait la Cadillac d'un ami.

— Il a mentionné le nom de cet ami ?

— Non. Il a juste dit qu'il rentrerait à Rochester le lendemain matin et qu'il récupérerait sa nouvelle Saab chez son ami quelque part en route. À Watertown, Waterville, *whatever*…

— Qu'est-ce qui s'est passé à Laval ?

— On est entrés dans un bar de danseuses.

— De quel bar il s'agit ?

— Je ne sais pas. Il me semble que c'était un nom avec sexe dedans. Le Sexbar ou Le Sexplicit, quelque chose du genre.

— C'est tout ?

— Ben, là, on a rencontré une femme.

— Vous dites *une* femme. Vous voulez dire une femme *seule* ?

— Une femme seule.

— Vous pourriez me décrire cette femme ?

— Belle.

— Mais encore ?

— Une brunette aux yeux bruns, pas très grande, cent vingt livres. Dans les trente, trente-deux ans. Très bien habillée. Ça, je l'ai remarqué tout de suite, ma femme est très coquette et je sais reconnaître les marques qui coûtent cher.

— Et...

— Elle était belle... Une belle femme comme elle... Elle aurait... J'veux dire... Elle aurait pu trouver mieux que...

— Mieux que vous ?

— C'est ça.

— ... ?

— J'ai quarante-quatre ans, probablement douze ou quinze ans de plus qu'elle. J'suis à moitié chauve. Sam a passé quarante ans. Il est bedonnant. Le Norvégien est plus jeune, mais c'est pas un athlète. Plutôt feluette, même. C'est pour dire... »

Pagliaro prit quelques secondes pour laisser s'installer l'inconfort entre eux. Il fit mine de consulter son carnet de notes, puis il fixa Lemay sans mot dire.

« Elle a dit qu'elle avait appelé sa sœur ou sa cousine, reprit Lemay de lui-même, j'me rappelle plus. L'autre était supposée venir nous retrouver.

— Et elle est venue ?

— Non. On l'a attendue. Longtemps. La femme buvait pas mal. Elle était énervée. Elle faisait des jokes…

— Des jokes… ?

— Ben, des farces cochonnes. Genre, vu qu'on parlait trois langues différentes autour de la table, elle a dit : "Trois langues en même temps, *wow*, j'ai jamais essayé ça, moi !…" Elle commençait à être pompette. Je pense qu'elle était un peu ivre avant qu'on arrive au bar. De mon côté, j'ai ralenti ma consommation, je voulais bien m'amuser mais je ne voulais pas rentrer tard, ni conduire soûl. Après son troisième verre, la femme a dit : "On devrait y aller ! Je vous invite chez moi, y a d'la meilleure musique."

— Comment s'appelait la femme ?

— Je m'en souviens pas non plus. Mon Dieu, ça fait longtemps… Un nom court, en tout cas.

— Continuez.

— On est partis ensemble.

— Tout le monde ?

— Oui.

— Quelle heure était-il ?

— Il était passé six heures, peut-être six heures et quart.

— Vous avez pris quelle voiture ?

— La femme était venue en taxi. Elle est montée avec Sam et… Jens, il s'appelait Jens, ça me revient, tout d'un coup. Montrez-moi la photo de tantôt ! »

Pagliaro s'exécuta en lui donnant la photo de famille de Jens Pedersen.

« C'est bien lui, je le replace, là. C'est bien ça. J'ai suivi Sam dans mon auto. On a roulé. Juste un peu. Pas beaucoup. On a traversé un pont. Je ne connaissais pas le coin. Ça a dû prendre dix-douze minutes max pour se rendre chez elle.

— Qu'est-ce qui est arrivé ensuite ?

— Quand on a été rendus à destination, la femme a enlevé des branches qui étaient tombées des arbres et elle a ouvert la porte du garage. Sam a entré la Cadillac dedans. Je suppose qu'il ne voulait pas abîmer la voiture de son ami. Il ventait très fort, des branches cassées continuaient de tomber. Moi, je me suis garé dans la rue juste en face de la maison. J'ai une vieille auto… Je me suis mis devant une haie de cèdres, juste avant une boîte grise de Postes Canada, vous savez, la boîte grise, pas la rouge, celle où les facteurs prennent le courrier qui est déposé là pour eux. Il y avait un parc de l'autre côté de la haie.

— Vous n'êtes pas entré dans la maison avec les autres ?

— Non, mon cellulaire a sonné à ce moment-là et j'ai répondu. J'attendais un appel de la clinique. Les employés me font toujours un rapport quotidien quand je suis en voyage d'affaires.

— Alors vous êtes resté dans votre voiture ?

— Oui. Ç'a été long. Au bout de quinze-vingt minutes, j'allais finalement raccrocher quand j'ai vu une Lexus approcher. Le chauffeur a ralenti devant la maison…

— Il était quelle heure, à ce moment-là ?

— Dur à dire, peut-être sept heures.

— Vous avez remarqué le numéro de plaque de la Lexus ?

— Non.

— Vous ne vous souvenez pas du numéro de porte de la maison ? du nom de la rue ?

— Non, désolé. Pour le numéro, c'était trop loin et pis, pour être franc, le nom de la rue, j'y ai pas pensé. Je suivais Sam…

— Vous pourriez refaire le même parcours, de mémoire ?

— Je suivais Sam, j'ai pas fait très attention au trajet. En plus il pleuvait beaucoup, y avait un orage. Mais je pense bien que je pourrais m'en souvenir. Faudrait essayer.

— Excusez-moi, je vous ai coupé la parole, vous disiez : le chauffeur a ralenti…

— Le chauffeur a ralenti et il est reparti pour aller stationner plus loin. Il est revenu à pied avec une mallette et un gros objet brillant dans l'autre main. Il a débarré la porte et il est entré dans la maison. J'ai pensé tout de suite : *le mari !*

— Qu'avez-vous fait, alors ?

— Que vouliez-vous que je fasse ?! Il était trop tard pour faire quoi que ce soit ! Je suis parti. J'ai viraillé un peu pis je suis tombé sur la 640. J'ai pris la direction de Québec et j'ai pensé que Sam en aurait une maudite bonne à me raconter quand on se reverrait au prochain congrès… Je suis finalement rentré à Baie-Comeau tout d'une traite. Je suis arrivé chez nous il était proche de cinq heures du matin ! »

Deux jours plus tard, une Crown Victoria banalisée de la Sûreté du Québec emprunta la sortie menant au boulevard Dagenais sur l'autoroute Chomedey, direction nord, à Laval. Le sergent-détective Francis Pagliaro conduisait, tandis que Frédéric Lemay était assis à sa droite en silence, observant autour de lui, très appliqué dans l'examen du moindre carrefour, du moindre édifice, de la moindre enseigne qu'il aurait pu reconnaître au passage. Les deux hommes étaient rentrés de Toronto la veille, mais sur des vols différents. Pagliaro s'était rendu immédiatement à son bureau de Parthenais en plein dimanche soir. Lemay avait pour sa part accepté de demeurer à Montréal une journée de plus qu'il ne l'avait prévu. Il avait pris une chambre dans un hôtel du centre-ville de Montréal. Il avait accepté d'aider Pagliaro à retrouver une maison à Laval ou dans les environs. L'endroit où il avait vu son ami Sam Readman pour la dernière fois, huit mois plus tôt.

« On va commencer par trouver le bar où vous avez rencontré cette femme, dit Pagliaro en prenant Lemay au Delta. Ensuite, à vous de jouer. On a tout notre temps. »

Le policier avait déjà sa petite idée sur le bar en question. La veille, il avait repéré l'établissement dans le registre des débits de boisson. Le Sextase. Un bar de danseuses. Le seul bar à Laval ayant le mot *sexe* intercalé dans son nom dans un rayon de cinq kilomètres des ponts reliant Laval à l'autre côté de la rivière des Mille Îles au nord. Il avait ensuite vérifié dans l'ordinateur si cet endroit avait été le théâtre de crimes ou de bagarres importantes, ou s'il était sur la liste des bars qui sont souvent la cible de descentes de police pour des affaires de mœurs ou de drogue.

Toutes ces réponses.

Ce ne fut pas une surprise pour Pagliaro.

La police de Laval, en particulier, y faisait des visites répétées. Le rapport que Pagliaro avait sous les yeux indiquait en outre une fusillade dans le stationnement de l'établissement qui, heureusement, n'avait pas causé de mort, mais deux blessés graves. De plus, quelques glaces de voitures avaient volé en éclats au moment de l'agression, et une passante innocente, une dame qui rentrait de faire des courses, avait été transportée à l'hôpital avec des blessures mineures. Une intervention de routine avait aussi permis de découvrir des activités de prostitution dans les isoloirs. Vérification faite, quelques jeunes filles arrêtées avec leurs clients n'avaient pas dix-huit ans, malgré leurs papiers d'identité qui proclamaient le contraire. Des armes prohibées avaient également été retrouvées sur les lieux à quelques reprises.

Que faisait une dame seule dans un endroit pareil par un beau lundi soir ? songea Pagliaro.

L'enquêteur n'avait rien dit à Frédéric Lemay. Il voulait que l'homme découvre par lui-même le bar, sans aucune suggestion de la part de la police. Il roulait un peu en dessous de la vitesse permise sur le boulevard Dagenais. Quarante kilomètres/heure tout au plus. Assez lentement pour laisser à son passager tout le loisir d'examiner les lieux.

« C'est ici ! s'exclama Lemay en indiquant le Sextase énergiquement. Le Sextase ! C'est bien ça ! Je le reconnais. Le *Sexe-tase* ! C'est con comme nom ! »

Pagliaro continua son chemin pendant quelques dizaines de mètres sans s'arrêter, puis il rangea l'auto-patrouille dans le stationnement d'un commerce.

« Vous êtes sûr ?

— Absolument. Je reconnais l'enseigne ! Tout ! C'est bien là. Le Sextase !

— Bon. Maintenant : vous avez traversé un pont, ce soir-là, n'est-ce pas ?

— Oui.

— Cherchons sur la carte un pont dans les parages. »

Pagliaro déplia sa carte routière entre les deux hommes.

« Le plus près, c'est le pont de la 13 qu'on vient
de quitter. Ici, dit-il en désignant l'endroit. L'autre
après, c'est le pont de la 15. Un peu plus loin, le
pont sur la 117, sur le boulevard Curé-Labelle.

— En tout cas, c'était pas un pont d'autoroute à
quatre voies…

— Le pont du boulevard Curé-Labelle alors. »

Pagliaro démarra et prit la direction du pont
Marius-Dufresne. Il regarda sa montre. Lemay
avait dit que le trajet avait duré plus ou moins douze
minutes. Un lundi soir, en octobre. Ce lundi, à midi
moins vingt, en pleine circulation et en plein été,
l'enquêteur se donna vingt minutes.

Sur le pont, Lemay se mit à tourner la tête nerveusement.

« Ça me dit quelque chose, ici. C'est sûr qu'il
pleuvait en octobre, mais ça m'a l'air familier…
Continuez… »

Lemay était sur les nerfs. Pagliaro en conclut
qu'ils étaient vraiment près du but.

Ils se retrouvèrent bientôt de l'autre côté du pont,
toujours sur le boulevard Curé-Labelle, et Lemay
aperçut un panneau de bienvenue en bois sculpté.

« Rosemère ! J'avais oublié ! C'est fou ! C'est
Rosemère. On est proches ! »

L'enquêteur ralentit et continua tout droit, attendant une indication de Lemay. Ils roulèrent ainsi
encore quelques minutes pour arriver à la hauteur
de la Place Rosemère.

« Non ! Je pense qu'on a dépassé, là, monsieur
Pagliaro. Je me souviens pas d'avoir vu un centre
d'achats. Désolé… »

Pagliaro fit patiemment demi-tour et ralentit
davantage. Il roulait quasiment au pas, sans arrêter
de jeter des coups d'œil furtifs à son passager. De

retour de l'intersection du chemin de la Grande-Côte, Frédéric Lemay intervint :

« Y a une caisse populaire, là, vous voyez, à gauche ? Et le garage Esso de l'autre côté ?! On a tourné ici l'autre fois, j'suis pas mal sûr. On a viré à droite !

— Ce qui veut dire qu'on tourne à gauche aujourd'hui. »

Pagliaro vira quand le feu le lui permit et gara l'autopatrouille à la station-service. Il déplia à nouveau sa carte routière sur le volant. Lemay était fébrile.

« Vous m'avez dit, hier, que vous vous étiez arrêté devant un parc ?

— Un parc, oui.

— Est-ce que ça pourrait être plutôt un golf ?

— Un golf ? Oui, un parc, un golf. Peut-être… »

Pagliaro s'engagea sur le chemin de la Grande-Côte, mais ralentit immédiatement en croisant la rue Hertel. Il se retourna vers Lemay.

« Si on prend à gauche ici, on est à deux coins de rue du golf de Rosemère.

— Allez-y. »

Un peu plus loin dans Hertel, le sergent-détective obliqua légèrement à droite dans la rue Kimpton, dont le côté nord bordait le terrain de golf, selon la carte routière. Il roula sans dire un mot, lentement, en jetant toujours des regards à son témoin. Il stoppa au moment où il vit la boîte grise de Postes Canada dont avait parlé Lemay la veille à Toronto. Il s'arrêta pile devant la haie de cèdres.

« C'est ici ? »

Lemay regarda la boîte grise.

« C'est ici. »

Ils descendirent de voiture.

« Restez là, près de la voiture, si vous voulez, monsieur Lemay. Je vais aller voir ces gens. Ne vous éloignez pas trop. Ça pourrait être plus court qu'on pense. »

Mais Lemay semblait perplexe. Il regardait l'enquêteur d'un air vide, de son côté du véhicule. Pagliaro songea que l'homme se sentait insulté d'être mis à part. Ce n'était pas ça.

« Ça va pas, dit Lemay.

— Qu'est-ce qui va pas ?

— En face. »

Pagliaro se retourna et regarda le terrain paysagé que lui montrait Frédéric Lemay devant lui de l'autre côté de la rue.

« Quoi ?

— C'est là où était la maison. J'veux dire, y avait une maison là ! Le garage, les branches qui tombaient… C'est là que Sam est entré avec la femme. Pis Jens… Ça s'peut pas, ils ont enlevé la maison !!!

— Attendez-moi. »

L'enquêteur se dirigea à pied vers l'habitation de gauche, tandis que Lemay, abasourdi, s'appuyait sur le capot de l'autopatrouille. Pagliaro vérifia le numéro : 980. Il se rendit à la maison de droite, une vingtaine de mètres plus loin : 984. Il s'avança et inspecta le terrain entre les deux propriétés et remarqua qu'un rectangle asphalté menant habituellement à un garage était toujours là, mais qu'il n'aboutissait qu'à des rouleaux de tourbe fraîchement posés. Pagliaro se pencha et souleva le coin d'une des plaques de la main. Il réussit sans effort. Il conclut qu'elles étaient là depuis quelques jours à peine.

Lemay s'approcha à son tour, de plus en plus incrédule.

« Excusez-moi un instant », dit Pagliaro.

Encore sous le choc, Lemay ne répondit pas.

Le policier alla à la voiture chercher dans sa mallette son appareil photo numérique. Il prit quelques clichés panoramiques de l'endroit, montrant l'espace laissé vacant entre les deux maisons voisines. Il photographia ensuite de plus près le travail de paysagement récent.

« Je vais vous faire reconduire à l'aéroport ce soir, monsieur Lemay. Vous ne manquerez pas votre vol, dit l'enquêteur une fois que les deux hommes eurent regagné leur place dans l'auto. Mais auparavant, nous allons nous rendre à mon bureau et mettre tout ça par écrit avec votre témoignage de samedi à Toronto. »

Lemay restait silencieux.

Pagliaro reprit le volant et se dirigea vers Parthenais, excité. Pour lui aussi cette triple disparition était déconcertante: Readman, Pedersen, et maintenant une maison. Mais Pagliaro ne croyait pas aux coïncidences. Il sentit qu'enfin une brèche venait de s'ouvrir dans l'énigme opaque du dossier demeuré intact depuis huit mois. Quarante minutes plus tard, il se présentait à l'entrée numéro 4, rue Fullum, où se trouve le stationnement réservé aux véhicules de la Sûreté du Québec.

« Je pense qu'il est inutile de vous rappeler que tout ceci est hautement confidentiel, monsieur Lemay », dit le sergent-détective Pagliaro à son témoin après que celui-ci eut signé sa déposition. L'autre lui répondit par un signe affirmatif de la tête puis il demanda, l'air inquiet:

« Est-ce que je vais devoir témoigner en cour, à la suite de votre enquête ?

— Ce n'est pas à moi de décider, mais au procureur de la Couronne. On va voir où tout ça va nous mener. Mais je peux faire une recommandation en votre faveur, si cela peut aider.

— Vous comprenez que…

— J'ai compris, soyez sans crainte. Rien de ce qui s'est passé aujourd'hui, ou le 14 octobre dernier, ne devrait vous causer du tort inutilement. À vous de demeurer discret.

— Merci. »

Frédéric Lemay se leva, salua l'enquêteur et se dirigea vers la porte du bureau. Il avait un air contrit et inquiet depuis le moment où il y était entré une heure plus tôt.

« Frédéric, attendez ! lui lança Pagliaro avant qu'il ne disparaisse dans le corridor, escorté par un agent. Vous m'avez rendu un grand service. Je vous en suis redevable. Sans votre franchise, je n'aurais pas avancé d'un poil. Je vous remercie sincèrement. Rentrez chez vous et ne vous inquiétez pas. »

Le chef Léopold Langlois, directeur du service de Sécurité incendie Rosemère-Lorraine, était absent de son bureau quand Pagliaro essaya d'entrer en contact avec lui l'après-midi même, tout de suite après avoir enregistré la déclaration de Frédéric Lemay et l'avoir fait reconduire à son hôtel. Le chef supervisait une intervention à bord du bateau pneumatique du service sur la rivière des Mille Îles où on avait signalé une noyade. Des jeunes s'étaient aventurés sans expérience sur ce cours d'eau dangereux.

Pagliaro avait d'abord joint l'administration municipale de Rosemère, où une employée lui avait

expliqué que la maison au 982 de la rue Kimpton
avait brûlé près d'un mois auparavant. D'après le
registre de la ville, le propriétaire s'appelait Vincent
Morin, courtier en valeurs mobilières. Le feu ayant
causé une perte totale de l'habitation, un permis de
démolition avait été émis par la Municipalité après
l'enquête du service de Sécurité incendie. L'employée ne savait pas s'il y avait une reconstruction
prévue à court terme.

Quant au chef Langlois, il ne rappela Pagliaro
que vers quatre heures trente de l'après-midi.

« Non, sergent-détective, l'incendie n'est pas
criminel. Notre inspecteur a rédigé un rapport de
feu accidentel. Le propriétaire effectuait des rénovations. Attendez, je vais vérifier dans le dossier… »

L'homme se leva de sa chaise et ouvrit un classeur
d'où il sortit le dossier en question. Il revint à l'appareil.

« Voilà : 982, rue Kimpton. Incendie déclaré au
911 par un passant à huit heures douze minutes le
soir du 28 mai dernier. Arrivée de nos camions à
huit heures seize. Ça flambait déjà au max. Le gars
faisait vernir les planchers ce jour-là et un feu
d'origine électrique s'est déclaré dans le garage.
Probablement un ventilateur défectueux.

— Donc pas besoin d'accélérant… suggéra
Pagliaro en riant.

— À part le vernis, non, très juste en effet. Mais
c'est accidentel, selon notre expert, et je pense que
les experts en sinistres de l'assureur de monsieur
vont arriver au même constat.

— Vous les connaissez ?

— Ils sont venus par hasard sur les lieux en même
temps que notre enquêteur, ils sont de l'Industrielle-
Alliance.

— Vous avez le nom de l'entreprise qui effectuait les travaux de vernissage ?

— Oui, c'est Les beaux planchers laurentiens, de Boisbriand. Mais ils sont hors de tout soupçon. On les connaît très bien, ici… Si vous pensez à une fraude à l'assurance, vous n'y êtes pas du tout…

— Ne vous formalisez pas, chef Langlois. J'enquête sur une double disparition, alors tout, pour moi, est suspect.

— Une disparition ?

— Oui, deux hommes qui auraient été vus à cette adresse pour la dernière fois en octobre dernier ont disparu.

— Alors mettez-vous en contact avec Réjean Potvin, c'est un enquêteur à la Régie intermunicipale de police Thérèse-De Blainville. C'est la Régie qui couvre le territoire de Rosemère. S'il y a quelque chose à savoir, ça passe par là.

— Merci, chef Langlois. »

« Je suis allé à la maison de monsieur Morin le 21 mai. Dans l'avant-midi. C'est là que j'ai fait l'évaluation pour ses travaux. »

L'entrepreneur Gaston Lavoie était assis dans son camion à l'arrêt. Il avait simplement ouvert la portière et s'était retourné sur son siège pour répondre aux questions du sergent-détective Francis Pagliaro, les pieds ballants, une tasse Tim Hortons à la main, son agenda posé sur ses genoux. « Venez à dix heures, avait-il dit au policier, c'est l'heure de la pause. » Pagliaro s'en était accommodé.

« Et quand avez-vous fait ces travaux ?

— On a commencé le mardi suivant.

— Le 27 mai ?

— Ça doit être ça, oui. » L'homme regarda son cahier : « Ouais, le 27 mai… On a travaillé le 27 et le 28. Après, ben, y a eu le feu. J'ai dit au client qu'il fallait qu'il soit pas là pendant quatre nuits de suite. La nuit après le sablage ; le lendemain, on aspire une dernière fois et on pose deux couches de vernis, une le matin pis une autre le soir. Une autre nuit et le troisième jour on pose la couche finale. Laissez deux jours pour sécher et durcir. Ça vous fait quatre nuits.

— Quelle sorte de vernis vous utilisez ?

— Maintenant, on prend des vernis à base d'eau, mais monsieur Morin a insisté pour avoir un vernis à base de polyuréthane. C'est fou, c'est pas meilleur que l'autre et ça jaunit avec le temps. Mais… »

L'homme laissa sa phrase en suspens.

« Mais ?

— J'sais pas, j'suppose que monsieur Morin est, disons, de l'ancien temps. Vieux jeu, genre.

— Il vous a dit pourquoi il préférait le polyuréthane ?

— Non. Il a juste dit que c'est ça qu'il voulait. On l'a averti qu'il fallait qu'il enlève ses plantes et qu'il vide son frigidaire, alors… En plus, je lui ai dit que j'aimais pas ça, moi, travailler avec ça, c'est toxique et inflammable. Mais il a dit : "C'est ça que je veux." C'est lui qui paye.

— C'est lui qui paye, oui… C'est facilement inflammable ?

— Très.

— Est-ce que monsieur Morin est venu sur les lieux pendant les travaux ?

— Il nous a apporté des beignes le premier jour, pis il est venu pour débarrer les portes le matin et refermer le soir.

— Parlez-moi de vos ventilateurs.

— Justement ! Nous, on place des humidificateurs, pas des souffleurs, parce qu'il faut entretenir une humidité d'au moins cinquante pour cent dans la maison quand on pose le vernis au polyuréthane. Le lendemain du feu, je suis retourné à la maison de monsieur Morin, et les pompiers m'ont posé des questions concernant un vieux ventilateur Sunbeam qu'ils ont trouvé à moitié fondu dans le garage. C'est là qu'on avait laissé nos récipients de vernis pis toutes nos affaires. Ça pourrait être ça qui a parti le feu. Mais moi, j'ai pas de ventilateur Sunbeam ! J'leur ai dit !

— Est-ce que, par hasard, Vincent Morin vous aurait dit où il comptait dormir pendant les quatre nuits en question ?

— Oui, il m'a laissé le numéro au cas où j'aurais besoin de lui parler. C'est au motel Le Rivage, sur l'île Bélair. »

Lavoie consulta son agenda et donna le numéro de téléphone au sergent-détective Pagliaro, qui le remercia.

« À votre service, et j'espère que vous ne pensez pas que je suis pour quelque chose dans c'feu-là. Comme je vous ai dit, j'ai pas de vieux ventilateur Sunbeam. »

Une jeune femme tenait la réception du motel Le Rivage quand le sergent-détective Francis Pagliaro et l'enquêteur Réjean Potvin entrèrent. Pimpante et souriante, elle était visiblement enchantée de leur arrivée. Elle était très bien maquillée et bien coiffée. Sa tenue de travail, un tailleur bleu foncé avec le nom Motel Le Rivage brodé en rouge sur la poitrine, était impeccable. Un vase de fleurs fraîches était disposé sur le comptoir de la réception. Tout était rangé à la perfection. Pagliaro pensa immédiatement que l'employée s'était spécialement bien mise pour les rencontrer. Il sentit à l'atmosphère de l'accueil le témoin qui veut bien faire, quitte à en rajouter. Qui brûle de coopérer avec la police et qui s'exprime avec toutes sortes de détails, nombreux et plus ou moins pertinents. Le témoin oculaire enthousiaste mais crédible à zéro pour cent.

Pagliaro et Potvin avaient décidé de travailler ensemble sur le dossier à partir du moment où l'enquêteur avait annoncé à Pagliaro qu'une disparition avait été signalée en octobre 2002 au 982 de la rue Kimpton, la maison récemment incendiée de Vincent Morin. France Verret, épouse de Vincent Morin, avait *disparu* avec les meubles de la chambre à coucher et ses effets personnels. Pagliaro avait été soufflé.

« Trois personnes qui disparaissent le même jour, ou à peu près, et maintenant la maison où elles ont été vues la dernière fois ensemble qui disparaît : ça fait beaucoup de disparitions ! »

La jeune femme portait un badge marqué « Audrey-Anne » sur son uniforme bleu foncé. Elle souriait toujours aux policiers.

« Je me souviens bien de monsieur Morin, affirma-t-elle au sergent-détective Pagliaro.

— Quand l'avez-vous vu pour la première fois ?

— Le soir du 28 mai. Ça fait presque un mois.

— À quelle heure s'est-il présenté ici ?

— À l'heure du souper.

— C'est-à-dire ?

— Vers six heures. Il s'est enregistré et il m'a demandé des glaçons. Il m'a donné un gros *tip*. C'était pas nécessaire.

— Combien?

— Cinq piastres.

— C'est beaucoup. D'habitude, les gens laissent combien?

— Ben… rien. C'est gratis. Ils peuvent la prendre eux autres mêmes, la glace.

— Après ça?

— Après ça, il est allé à sa chambre. La 209.

— Avait-il des bagages?

— Un sac, c'est tout.

— Est-il reparti plus tard?

— À huit heures, j'ai sorti les poubelles juste avant mon émission préférée. C'est le *Match des étoiles*. En reprise. Je peux l'écouter quand y a pas trop de clients qui me dérangent.

— Et alors?

— Ben, je l'ai vu avec son bicycle au fond du parking.

— Vous êtes certaine que c'était lui?

— Ben… oui.

— Qu'est-ce qu'il faisait en bicyclette?

— Il était pas dessus, il la mettait dans le coffre de son auto.

— Quelle marque, son véhicule?

— J'sais pas. Une belle auto. Chère.

— Et après?

— J'suis rentrée à la réception.

— Vous ne l'avez pas vu partir avec sa voiture?

— Non parce qu'après ça, vers huit heures et dix à peu près, j'étais en train de regarder le *Match* et il m'a appelée de sa chambre. Il m'a demandé si je connaissais un bon restaurant chinois pour se faire livrer quelque chose. Pendant que je cherchais dans mes dépliants, il a entendu la musique de l'émission au téléphone et il m'a dit qu'il l'écoutait lui aussi.

"J'la manque jamais", il m'a dit. Pis il a ajouté : "Mais je trouve que le numéro qui vient de passer était moins bon que j'avais espéré. C'était meilleur la semaine dernière. Ils étaient plus exubérants." C'est exactement ça qu'il a dit : exubérants. C'est rare un homme qui connaît la danse comme ça.

— Donc il est resté à sa chambre pour se faire livrer du chinois ? demanda l'enquêteur Potvin.

— C'est ça.

— Savez-vous à quelle heure il a reçu sa livraison ?

— Non. Ils vont directement à la chambre en passant par-dehors. »

Deux jours après leur rencontre au motel Le Rivage, le vendredi 27 juin au matin, l'enquêteur Réjean Potvin accueillit le sergent-détective Francis Pagliaro en compagnie de son adjoint Martin Lortie dans son bureau de la Grande-Allée à Boisbriand, où se trouvait la Division enquêtes de la Régie inter-municipale de police Thérèse-De Blainville. L'en-quêteur Gilles Frégault était aussi présent. Les quatre hommes réunis attendaient que la caporale Julie Landry, de la GRC, les joigne pour une conférence téléphonique. Le détective Raymond Mazerolle de la Police de Rochester avait aussi été averti de cette réunion et il se tenait disponible pour parler avec eux au téléphone en tout temps ce matin-là.

Quand Julie Landry appela, Pagliaro la félicita pour sa promotion au rang de caporale et Réjean Potvin mit l'appareil en fonction mains libres.

« J'ai ici le rapport que j'ai écrit, le 24 octobre dernier, dit Potvin à l'intention de tous. Vincent Morin déclare la nuit du 23 la disparition de sa femme, mais, selon lui, elle a disparu avant le 15. Il parle également d'un abandon. Il dit : ma femme est disparue, puis il dit : elle m'a quitté. Il déclare qu'il est revenu d'un séminaire à la Bourse de New York la journée du mardi précédent : le 15 octobre.

— Nous, enchaîna Pagliaro, on a un témoin, Frédéric Lemay, qui dit avoir vu entrer Samuel Readman et Jens Pedersen au 982 Kimpton le lundi 14 octobre en compagnie d'une femme dont il ignore le nom. Elle a ouvert le garage pour y faire entrer la Cadillac conduite par Readman. Elle avait donc la clé. De toute façon, la dame a dit qu'elle les invitait chez elle et elle les a conduits là. Il était entre six heures et quart et six heures et demie. Puis, vers sept heures, mon témoin a vu un homme conduisant une Lexus arriver et entrer dans la maison à son tour en ouvrant avec sa clé. C'est Vincent Morin, à n'en pas douter, puisque, vérification faite, il possède une Lexus depuis avril 2000. Il la possède toujours à l'heure qu'il est.

— Morin a donc menti sur la date de son retour, fit remarquer Martin Lortie.

— Je le pensais, moi aussi, reprit Pagliaro. Maintenant, je le sais. J'ai vérifié auprès de ses associés, qui m'ont donné le nom de son hôtel à New York. L'hôtel Edison. D'après le registre de l'hôtel, il a quitté sa chambre le lundi 14 octobre à midi. C'est le détective Raymond Mazerolle du RPD qui s'est chargé de corroborer ça pour nous avec l'Edison. Si Vincent Morin s'est arrêté pour coucher sur le chemin du retour de New York, pour finalement arriver le mardi 15, il faudrait qu'il nous en fournisse la preuve.

— C'est pas parce qu'il a menti sur le moment de son retour que ça fait de lui un assassin, avança Potvin.

— Non, mais une circonstance plus une coïncidence plus une menterie plus deux imprécisions plus trois hésitations, ça fait un maudit bon suspect, rétorqua Lortie, ce qui déclencha l'hilarité des quatre policiers.

— Qu'est-ce qui s'est passé avec Morin entre octobre et mai ? intervint Julie Landry au téléphone.

— Rien, répondit Pagliaro. À part que, un : Morin a fait une dépression de plusieurs mois, il a même été hospitalisé en clinique ; deux : il a cédé ses parts dans l'entreprise ; trois : il a vendu son commerce et son immeuble à logements ; et quatre : il s'apprête à quitter le pays dans quatre jours. J'ai appris ça de ses associés avant-hier.

— Quatre jours ?! »

Réjean Potvin et la caporale Landry avaient réagi à l'unisson.

« Oui mes amis. C'est son cadeau de fin d'association avec Lambert, Morin & Ross. Le départ de sa croisière autour du monde est prévu pour mardi prochain, le 1er juillet. Il a un siège réservé sur un vol Air Canada Montréal–New York avec escale à Toronto à deux heures dix de l'après-midi. »

Le silence s'installa. Il dura quelques longues secondes.

« Je pense que… je…, commença l'enquêteur Potvin. Comment dire ?… Je le pigeais pas, ce gars-là, à l'époque où sa femme a disparu. Il était pas net, à mon avis. Mais c'était juste une de ces intuitions de flic et j'avais rien pour l'épingler. Après la déclaration de la disparition de sa femme, il a jamais rappelé pour savoir où on en était. Je sais qu'il a passé plusieurs mois dans une clinique, mais quand même, quand il est sorti… Jamais un coup de fil. Rien ! La famille de la disparue, elle, m'appelle toutes les semaines.

— C'est comme s'il savait d'avance que vous ne trouveriez rien, répliqua Julie Landry au téléphone.

— Ou qu'il s'est tout bonnement résigné au départ de son épouse, intervint Pagliaro.

— Ouais, je le trouve bizarre, encore aujourd'hui, dit Potvin. Il est de Rosemère, comme moi, il habite à deux minutes en voiture du motel Le Rivage et il connaît pas de restaurant chinois dans son propre coin ? Et puis, cinq piastres pour de la glace ?

— Hum ! Ouais, comme vous dites, répondit Pagliaro. Je crois que votre intuition était bonne, finalement. Morin veut qu'on le remarque. Il veut qu'on se souvienne de lui à la réception. Il veut qu'on sache – qu'on *pense* – qu'il était dans sa chambre du motel en train de regarder la télé à l'heure où le feu s'est déclaré chez lui…

— Au sujet de la maison, que dit l'expertise du service incendie ? demanda Julie Landry. Et pourquoi avoir attendu huit mois pour l'incendier, si c'est bien Vincent Morin qui a mis le feu à sa propre maison ?

— Là, c'est pas clair, répondit Réjean Potvin. Les pompiers ont retrouvé un vieux ventilateur en métal de marque Sunbeam à moitié fondu dans le garage, et c'est dans le garage que le feu s'est d'abord déclaré.

— J'ai parlé avec eux hier, intervint Pagliaro. Ils disent qu'ils ne peuvent pas démontrer que ce ventilateur était en fonction. Il a pu tout aussi bien tomber d'une étagère installée à proximité, mais seulement *après* le début de l'incendie. Plein de trucs sont tombés par terre à ce moment-là, par-dessus et autour du ventilateur et de tout le matériel de l'entrepreneur. Monsieur Lavoie a aussi déclaré aux pompiers enquêteurs qu'il ne possède pas de ventilateur de marque Sunbeam, il me l'a d'ailleurs répété avec insistance, il n'a que des humidificateurs commerciaux. Il affirme qu'il n'a pas placé de "souffleur", comme il dit, dans la porte du garage donnant sur la cuisine. D'après l'enquête, cette porte était ouverte au moment de l'incendie. S'il reste des preuves matérielles, maintenant qu'on sait ce qu'on sait, elles ont été enterrées dans différents dépotoirs.

— Et pourquoi avoir attendu pour mettre le feu, Francis ? insista Julie Landry.

— Je ne sais pas, Julie. Ce n'est sûrement pas pour l'argent, en tout cas, même si la maison en vaut beaucoup. Certains criminalistes affirment que l'incendiaire qui met le feu *à l'arrière* de la maison le fait pour des motifs sexuels plus ou moins conscients. Ça pourrait être le cas de notre bonhomme. Et si Morin a traîné avant de poser son acte, c'est peut-être parce que ça lui a pris tout ce temps pour trouver ou pour comprendre ce qui n'allait pas ? Il a d'abord abandonné sa carrière. Pourtant, il y excellait. Il s'est ensuite progressivement débarrassé de tous ses biens matériels, comme dans une sorte de *strip-tease* de sa conscience. Le déshabillage de son âme, si vous voulez. Au sens de la psychanalyse, la maison est une représentation symbolique de soi. Je soupçonne que la maison était devenue un obstacle à sa tranquillité. L'incendie est une forme allégorique de suicide : l'eau nettoie, mais le feu purifie.

— Alors ? demanda Réjean Potvin. C'est bien beau tout ça, mais on a pas grand-chose contre lui. Rien, en fait. Pas vrai ?

— Vrai, répondit Pagliaro. On n'a rien. »

◆

La vie était belle pour Vincent Morin. Sa situation lui rappelait le cas d'un confrère étudiant à l'université qui avait tout perdu dans un incendie et qui, malgré le fait qu'il n'avait pas d'assurances, était fou de joie à l'idée qu'il pourrait dorénavant partir à neuf dans la vie, le feu ayant balayé tout le passé. Son attitude euphorique laissait naturellement son entourage pantois.

« Vous ne connaissez pas, disait-il à ses amis, le sentiment de liberté que donne la chance de ne plus rien posséder dans la vie ! Si j'étais sage, je ne posséderais à l'avenir que des biens absolument essentiels, pour ne pas encombrer mon existence. Vivre léger comme on voyage léger ! »

La situation de Vincent était bien entendu différente, avec ses placements et les millions empilés à la banque. Mais, comme biens matériels, Vincent ne possédait plus maintenant que sa Lexus, sa bicyclette et les quelques vêtements qu'il avait apportés au motel, de quoi passer une fin de semaine, en plus des quelques autres achetés depuis l'incendie, un mois plus tôt, et avec lesquels il s'arrangeait. Autant dire qu'il n'avait plus grand-chose à perdre. Mais cela faisait partie de son plan. Il n'avait surtout pas commis la gaffe d'épargner quoi que ce soit de l'incendie en le mettant à l'abri dans quelque entrepôt que la police aurait vite découvert. D'ailleurs, quelle assurance avait-il que ce qu'il aurait préservé du feu ne transporterait pas justement avec lui l'éventuel indice qu'il devait faire disparaître ? Le feu avait été la solution. Le sacrifice essentiel. Point final.

Vincent se rappelait l'excitation de ce soir-là.

Après avoir quitté les travailleurs, il s'était rendu au motel où il avait réservé une chambre pour quatre

nuits. Il s'était enregistré et avait demandé des glaçons à la jeune fille de la réception. Il lui avait laissé
un pourboire généreux : avec un peu de chance,
elle se souviendrait de lui et de l'heure à laquelle il
était passé.

Parvenu à sa chambre, il avait laissé la glace sur
la table puisqu'il n'en avait aucunement besoin.

Il avait patienté jusqu'à huit heures moins dix.
À ce moment, il avait pris rapidement sa bicyclette,
qu'il avait dissimulée dans le coffre de sa voiture,
et avait foncé vers sa maison…

*Il y est en trois minutes à peine. Encore une fois,
avec un peu de chance, personne ne remarquerait
ce cycliste casqué et lunetté comme tant d'autres.
Il entre chez lui par la porte de derrière qu'il a
laissée déverrouillée et va directement au garage.
Les ouvriers ont emporté tous les chiffons imbibés
et les vadrouilles usagées après la journée. Trop
grand risque d'autocombustion. Vincent choisit des
guenilles propres dans un tiroir de l'établi, les imbibe
de vernis et les éparpille près des contenants de
polyuréthane. Sur une étagère du garage, il saisit le
vieux ventilateur Sunbeam abîmé qu'il a remonté
de la cave, le pose par terre dans l'embrasure de
la porte, près des contenants de vernis, et le dirige
vers la maison. Il le couvre des chiffons imbibés de
polyuréthane avant d'ouvrir un récipient de vernis
presque plein et d'en verser l'équivalent d'une tasse
sur le tas de guenilles. Il laisse le contenant ouvert.*

Cela devrait suffire.

*Il branche l'appareil et le met en marche. Aussitôt,
des crépitements se font entendre, mais Vincent ne
prend pas le risque d'attendre. Il quitte la maison
sur-le-champ en laissant la porte de derrière ouverte
pour faire un appel d'air et retourne au motel en*

toute hâte. L'opération lui a demandé moins de
cinq minutes. Il remet la bicyclette dans le coffre de
sa Lexus et, rentré discrètement dans sa chambre,
il consulte sa montre : huit heures pile. Dix minutes
plus tard, il appelle la réception.

«Bonsoir, mademoiselle, Vincent Morin, chambre
209.

— Bonsoir, monsieur Morin.

— Dites-moi, je voudrais commander des mets
chinois ce soir, que me conseillez-vous ?

— La Fleur d'Orient est pas mal, c'est très près
d'ici. Je vais vous donner le numéro. »

Tandis que l'employée cherche, Vincent reconnaît
dans l'appareil la musique d'une émission qu'il a
déjà regardée. Quand il entend Normand Brathwaite
annoncer : "De retour au Match des étoiles", il a une
intuition.

« Audrey-Anne, c'est bien Audrey-Anne votre nom,
non… ?

— Oui, c'est Audrey-Anne.

— Vous écoutez le Match vous aussi ? lui demande-
t-il avec enthousiasme.

— Oui. J'le manque jamais !

— Moi non plus. C'est bon, mais comparativement
à la semaine dernière… Je trouve qu'ils sont moins
exubérants ce soir…

— Vous trouvez ? Moi, j'aime ça. Peut-être qu'ils
sont moins spectaculaires.

— Exactement ! dit Vincent tout en ignorant de
quoi elle parle. »

La jeune fille lui donne le numéro de téléphone
du restaurant chinois.

« Merci, je vais commander. Bonne nuit.

— Bonne nuit, monsieur Morin. »

Vincent avait raccroché, satisfait.

Il avait espéré que son stratagème fonctionne sans qu'il ait à en mettre trop. Répandre des matières accélérantes avait été exclu dès le départ : trop évident. Il avait préféré compter sur la fraîcheur du vernis, sur les vapeurs inflammables du polyuréthane et sur la défectuosité du vieux ventilateur. C'était un scénario très alambiqué, mais avec un peu de chance... Si ça n'avait pas fonctionné ce soir-là, il aurait essayé quelque chose de plus risqué le lendemain, après la couche finale.

Vincent avait attendu fébrilement dix heures, moment où il avait pu faire le tour des bulletins d'informations de la télévision à la recherche de la nouvelle qu'il espérait. Rien. Il avait eu envie de sauter dans sa voiture et de se rendre sur les lieux, ou à proximité, mais il n'en avait rien fait : trop dangereux. Le cas classique de l'incendiaire qui admire le travail des pompiers.

Il n'avait pas réussi à s'endormir. Vers onze heures, allongé sur le dos, toutes lumières éteintes dans sa chambre, il était torturé par l'idée que son plan n'avait pas fonctionné. Il s'était demandé encore s'il ne devait pas faire un petit tour d'inspection à distance, au cas où. Ce n'était qu'à un kilomètre... Mais il s'était retenu et il était plutôt allé se planter devant la fenêtre, en espérant voir au loin des lueurs d'incendie. Puis, il s'était dit, trois heures plus tard, qu'il devrait se reprendre le lendemain.

C'est à ce moment qu'il avait aperçu une autopatrouille de la Régie intermunicipale de police Thérèse-De Blainville circuler lentement dans le stationnement du motel. À l'aide d'une lampe de poche, un des policiers avait examiné les plaques minéralogiques à la recherche d'un véhicule. Arrivée à la hauteur de la Lexus, l'autopatrouille s'était arrêtée et les agents avaient mis pied à terre. L'un d'eux s'était approché du capot de la voiture et l'avait touché du plat de la main. Il s'était retourné vers son collègue et lui avait fait un signe de dénégation. À travers la fenêtre ouverte, Vincent l'avait entendu clairement : « Elle est froide. » Les policiers s'étaient dirigés vers la réception du motel. Dans quelques instants, ils seraient à sa chambre. Il s'était habillé hâtivement, mais à moitié, puis il avait attendu qu'ils frappent à sa porte.

« Bonsoir, monsieur. Êtes-vous Vincent Morin ?

— Oui, c'est moi. Qu'est-ce que…

— Vous êtes ici depuis quelle heure ?

— Depuis six heures, de quoi s'agit-il ?

— Nous avons une mauvaise nouvelle. Un incendie…

— Un feu ? Mais…

— L'incendie est maîtrisé, mais votre maison a subi de gros dommages. »

Vincent avait fini de s'habiller rapidement et il avait accompagné les policiers dans le stationnement, puis il avait suivi la voiture de patrouille dans sa Lexus jusque chez lui. Le trajet n'avait pris qu'une minute. Une fois sur les lieux, Vincent avait été escorté à l'intérieur du périmètre de sécurité installé par les pompiers.

La maison était encerclée d'hommes en uniforme. Des sapeurs s'affairaient à éteindre les quelques vestiges rougeoyants qui persistaient à l'étage et dans le garage. Les fenêtres du rez-de-chaussée avaient été fracassées par les pompiers ou elles avaient volé en éclats, difficile à dire pour Vincent, qui s'était réjoui par ailleurs de l'étendue des dégâts. C'était plus beau qu'il ne l'avait imaginé. La toiture était percée à deux endroits, au-dessus de sa chambre et du garage, dont on avait arraché la porte. Selon ce que Vincent avait pu constater, tout avait flambé. Ce qui avait été ses meubles se réduisait maintenant à un tas de morceaux enchevêtrés et calcinés. Méconnaissables. Par les fenêtres du salon, il avait pu voir que l'escalier avait disparu et que le contenu de la chambre, dont ses précieux livres, qu'il y avait fait transporter, s'était écrasé au rez-de-chaussée. Curieusement, la cuisine avait semblé intacte. La pièce qui lui avait servi de bibliothèque n'existait plus, la cloison entre elle et le salon avait brûlé des deux côtés. Une rivière d'eau sale sortait par la porte de devant, emportant avec elle des débris de toutes sortes.

Un pompier plus âgé s'était approché de Vincent en le saluant. Il s'était présenté.

« Désolé, mon vieux, avait dit le chef Langlois. On a fait ce qu'on a pu, mais à notre arrivée, ça flambait joliment. Vous faisiez des réparations ?

— Ils ont verni les planchers aujourd'hui.

— C'est bien ce que je pensais. La porte de derrière était ouverte, nous avons d'abord cru à un acte de vandalisme, mais tout semble indiquer qu'il s'agit d'un accident. Un problème électrique dans le garage. Le vernis est très volatil, c'est sans doute la cause de l'incendie. L'enquête démontrera si c'est le cas. Nous allons faire placarder la maison pour éviter les visiteurs importuns. Vous devriez contacter vos assureurs dès maintenant. »

Vincent avait pris un air accablé, vu les circonstances, et il avait remercié l'officier. Il avait fait le tour de la demeure, pour tâcher d'en voir davantage à travers les fenêtres brisées. La maison était une perte totale. Seuls les murs de pierre avaient semblé avoir résisté, encore que la chaleur ait été très intense.

Mais tout cela n'avait pas eu d'importance aux yeux de Vincent. Il avait seulement espéré que la chambre ait suffisamment brûlé pour faire disparaître tout indice qui aurait pu subsister. Mais il n'avait pu le constater que le lendemain, à la lumière du jour. Le fait que le plancher de la chambre avait cédé lui avait cependant donné assez d'espoir, le brasier ayant dû être passablement violent à cet endroit.

Le feu de l'enfer.

Vincent était rentré au motel, voyant qu'il ne pouvait rien faire de plus sur les lieux. Il n'avait pas bien dormi, mais il avait tout de même été rasséréné. Malgré toutes les craintes qui l'avaient habité jusqu'à maintenant, il avait pensé – et il pensait encore, aujourd'hui – avoir finalement réussi. Il était sauvé.

Dans l'attente de son départ pour la croisière prévu pour le 1er juillet, le lendemain de l'incendie Vincent avait quitté le motel Le Rivage et il avait temporairement loué un condo meublé dans un complexe luxueux situé sur le chemin de la Grande-Côte, à Lorraine, en se disant qu'il aurait bien le loisir de se procurer tout ce dont il avait besoin à son retour, au début d'octobre. Rien ne pressait. Il n'avait acheté que les objets de toilette et les vêtements nécessaires au voyage, des jeans, un ensemble d'été plus chic – on ne sait jamais –, deux paires de bermudas, des sous-vêtements, une paire de souliers légers et quelques polos. Il aurait grand plaisir à s'habiller mieux tout au long de sa croisière, dans plusieurs pays. Un véritable luxe.

Il avait attendu, non sans une certaine appréhension, le rapport des enquêteurs et des évaluateurs de sinistres de ses assureurs. Le jeudi 12 juin, il avait reçu enfin la décision de la compagnie : la perte de sa demeure par le feu était jugée purement accidentelle et il encaisserait, à moins de contestation de sa part, la somme de neuf cent cinquante-six mille dollars pour la maison et son contenu.

Il avait vécu alors dans un état d'euphorie, pas tant pour l'argent – il ne percevrait somme toute que ce que valait sa propriété – que parce que la réaction des autorités confirmait son impunité. Encore une fois, on n'avait même pas découvert qu'il y avait eu crime. Il avait réussi des crimes majeurs, trois meurtres et l'incendie de sa maison.

Au premier essai.

Son effrayant succès le laissait par ailleurs complètement consterné en lui révélant des compétences qu'il ne se connaissait pas. Comme s'il constatait avec stupeur qu'il savait jouer magnifiquement du piano sans jamais l'avoir appris.

Je suis en train de devenir bon.

Cinq jours après la décision de la compagnie d'assurances, soit le mardi 17 juin, il avait supervisé la démolition de ce qui restait de l'habitation, et il avait même refusé l'offre de l'entrepreneur qui voulait lui acheter les pierres de taille ayant servi pour la construction de la maison. Le tout avait été enseveli au dépotoir, mélangé à d'innombrables débris provenant d'autres destructions. Le vendredi 20 juin, Vincent avait fait recouvrir de tourbe le terrain parfaitement nivelé et en avait confié la vente à un agent d'immeubles. Avec les grands arbres et l'aménagement paysager qui subsistait, la propriété donnait l'aspect d'un coquet petit parc urbain vis-à-vis du Club de golf de Rosemère. Le samedi 21 juin, Vincent était allé jeter un coup d'œil aux travaux terminés. Satisfait, il s'était dit en quittant les lieux qu'il n'y remettrait plus jamais les pieds.

Il ne restait que dix jours avant l'embarquement pour la croisière, et Vincent avait profité de cette période pour voir Claude plus souvent. Il l'avait invité à souper au restaurant à plusieurs reprises et ils avaient passé quelques soirées au condo à jouer au scrabble en buvant de nombreux verres de gin, selon leur vieille habitude. Claude se réjouissait visiblement de l'humeur de son ami.

« Tu es enfin redevenu le Vincent que je connaissais. Ma foi, on dirait que l'incendie de ta maison t'a libéré d'un fardeau ! Tout ce qui te rattachait à France a disparu, parti en fumée. Tu as subi la part du feu ! C'est drastique, j'en conviens, mais l'effet est le même. C'est bon de te retrouver enfin. C'est la première fois depuis très longtemps que je te vois vraiment normal. À ta santé retrouvée ! »

Il avait levé son verre joyeusement et ils avaient trinqué tous les deux.

« Tu as raison, avait dit Vincent. C'est formidable, en effet. Je me sens bien comme jamais. Pour le courtier en valeurs mobilières que j'ai été, c'est assez drôle de considérer qu'une perte pareille puisse représenter un si grand bénéfice. »

Mais Vincent avait rougi de cette réponse. Il n'aimait pas abuser son seul ami et il s'était promis de se surveiller davantage à l'avenir. Ne rien lui dire était déjà trop mentir.

« Tu as dû perdre des choses importantes dans l'incendie, des souvenirs, des photos ?…

— Des choses importantes ? Non. Tu sais, je me rends compte aujourd'hui de l'éducation de ma grand-mère. Par exemple, elle gardait ce qu'elle appelait son trésor, des photos dans une grande boîte de carton. Il y avait des photos de moi, enfant, des photos de ma mère, des photos de ma mère avec mon père. Pas de photos juste de mon père, qu'elle considérait comme un voyou. Je ne sais pas si elle avait raison, je ne l'ai jamais connu vraiment. Ma grand-mère avait dû les jeter. Elle jetait tout, même les souvenirs. Même les mots. Elle ne gardait que les mots les plus utiles : mange, ferme la porte, lave tes mains, va dormir.

— Ça explique pourquoi tu parles si peu !

— Elle ne me posait pas de questions non plus. À quoi aurait servi de savoir si j'avais bien dormi ou si j'avais assez mangé ? Si j'avais des besoins ou des craintes, je n'avais qu'à les exprimer. Tout le reste était superflu. Tout pour elle allait de soi et ne valait pas la peine qu'on en parle. Mes questions à moi la faisaient parfois sourire. Alors je savais que j'en avais une bonne. Mais une bonne réponse ? Jamais. Je me posais alors des questions auxquelles j'inventais mes propres réponses. J'ai vécu une enfance dans le silence, mais je me suis nourri d'imagination. Le jour où ma grand-mère est morte, je suis allé chercher la boîte de photos. Je les ai regardées une dernière fois et je les ai jetées. J'ai toujours fait ça depuis. »

Dans la nouvelle vie de Vincent Morin, tout n'était à présent que souvenirs.

Quelques jours avant son départ, Vincent était passé à sa banque pour se procurer des devises américaines. Il avait demandé qu'on lui prépare cinq mille dollars en coupures de cent. Ce serait la plus belle croisière de sa vie. Le reste de ses dépenses serait payé à l'aide de ses cartes de crédit et, de toute façon, il y avait maintenant partout dans le monde des guichets distributeurs de billets. Il avait profité de sa présence à la banque pour retirer son passeport du coffret de sûreté, puis il était rentré gaiement au condo, le poids des billets de banque et de son passeport dans sa poche lui donnant par anticipation ces premières sensations de liberté que procure l'imminence de l'embarquement. Il ferait un voyage confortable en paquebot haut de gamme et il avait souri en se rappelant les deux plus grands plaisirs des marins, à chaque escale : le départ et l'arrivée. Il savait qu'il serait heureux dans les deux cas.

◆

« Il y en avait un troisième…
— Un troisième ?
— Un troisième homme. »

Le sergent-détective Francis Pagliaro était assis en face de Vincent Morin dans le salon du condo. L'enquêteur était sûr de lui. Il inspirait confiance avec son allure de thérapeute au regard scrutateur derrière ses lunettes d'intellectuel. En raison de la chaleur estivale, Pagliaro avait laissé sa veste dans la voiture et Vincent Morin pouvait voir que le policier n'était pas armé. Le sergent-détective portait rarement son arme de service, qu'il trouvait lourde et encombrante, mais surtout exagérément intimidante. À qui s'étonnait de cette habitude, il avait coutume de dire : « Je n'ai pas besoin de cet engin pour en imposer aux criminels. Je n'ai qu'à leur faire la simple démonstration que j'ai percé à jour leur manège et qu'il leur est désormais inutile de nier l'évidence. L'évidence, c'est la seule chose qu'on n'a pas besoin de prouver. »

Au retour d'une promenade à pied, Vincent Morin avait trouvé le policier assis derrière le volant d'un véhicule de patrouille banalisé, garé dans la section des visiteurs, en face de la porte d'entrée du complexe de condos. « J'ai à vous parler », avait dit simplement l'enquêteur en descendant de la voiture et en lui montrant son insigne. Puis il avait ajouté :

« Francis Pagliaro, Sûreté du Québec. »

Morin avait sursauté, c'était la première fois qu'il rencontrait ce policier. Perplexe, il l'avait fait entrer dans l'immeuble et l'avait conduit jusqu'au condo, au dernier étage. Ils étaient face à face maintenant. Le regard plongé droit dans les yeux de Vincent, le sergent-détective guettait une réaction. En silence.

« Un troisième homme ? Qu'est-ce que…

— Il y avait un troisième homme chez vous quand vous êtes rentré de New York le lundi 14 octobre de l'an passé. Il n'était pas précisément dans la maison, non, plutôt assis dans sa voiture, à proximité…

— Un troisième homme…

— Écoutez-moi bien, monsieur Morin. Je vais d'abord vous raconter une histoire. Non, à vrai dire, j'aurai aussi une deuxième histoire à vous raconter.

— Deux histoires ?… Quelle sorte d'histoires ?

— Des histoires vraies. Ce sont les meilleures, comme vous le savez. »

Vincent Morin sentit qu'il ne pourrait échapper au calme et à la résolution de ce policier. Il s'ébroua et tenta un effort pour se lever.

« Euh… voulez-vous boire quelque chose, monsieur… ?

— Non merci, je suis en service, restez assis, ce ne sera pas long. Ensuite, vous ferez comme vous voudrez. »

Vincent se cala instinctivement dans son fauteuil et le sergent-détective Pagliaro se réjouit de constater qu'il se comportait comme l'enfant qui tremble déjà devant l'horrible conte qu'il va entendre, mais qui ne pourra plus bouger d'un poil dès qu'il entendra « Il était une fois… »

« Il y avait donc un troisième personnage qui assistait lui aussi, en octobre de l'an passé, au 17e Congrès annuel des opticiens d'ordonnances de Montréal.

— Au congrès des opticiens ?!… Mais qu'est-ce que… ?

— Attendez, vous allez comprendre. Le lendemain du congrès, le lundi 14 octobre, en fin d'après-midi, cet homme a abouti avec deux autres comparses dans un bar à Laval, le Sextase. Là, il a rencontré une femme qui s'y était rendue en taxi. »

Le policier fit une pause.

« Une femme dont le mari était lui-même en congrès à New York. »

Silence.

Pagliaro se remémorait dans le détail le témoignage de Frédéric Lemay, dans le bar d'un hôtel de Toronto huit jours plus tôt. Il s'arrêta longuement avant d'entreprendre résolument son récit.

« Vous êtes un homme intelligent, monsieur Morin. Je vous parle franchement, cartes sur table. Je ne vais pas perdre mon temps à jouer au chat et à la souris avec vous. Je vous dirai plutôt ce que nous savons, vous et moi. Je vous apprendrai sans doute aussi des choses que vous ignorez. Je vous dirai ensuite ce que je pense de tout ça. »

Vincent Morin eut une grimace résignée. Le sergent-détectivre se lança.

« J'ai retrouvé le troisième homme, appelons-le comme ça, à Toronto, samedi dernier, huit mois après les disparitions. Après les *trois* disparitions.

« Notre troisième homme connaît un congressiste en particulier. Un Américain. Ils se voient deux ou trois fois par année, justement à l'occasion de ces congrès annuels qui ont lieu un peu partout en Amérique ou ailleurs. Ils en profitent pour faire la bringue loin du regard de leurs épouses. Deux hommes bien ordinaires. L'un d'eux, notre troisième homme, est d'ailleurs père de deux enfants qui ont bien failli devenir orphelins. Peut-être sa présence avec les deux autres à l'intérieur de la maison aurait-elle pu changer le cours des choses, ce soir-là. Nous ne le saurons jamais.

» Quoi qu'il en soit, le reste de l'année, ces deux amis travaillent sagement chacun de son côté dans son patelin, à des milliers de kilomètres l'un de l'autre. L'homme à la Cadillac s'appelle Samuel Readman, de Rochester, New York, où se trouve le siège social de la compagnie Bausch & Lomb pour qui il travaille comme chercheur. D'après la déposition assermentée de notre témoin, l'après-midi du lundi 14 octobre de l'an passé, Readman le rejoint à son hôtel avec un certain Jens Pedersen dont il vient tout juste de faire la connaissance et qui est un photographe de passage à Montréal. Readman et Pedersen sont copains depuis quelques jours seulement. Voilà notre trio constitué. »

Pagliaro fixa Vincent Morin. Ce dernier n'eut pas de réaction, mais il avait sourcillé quand il avait entendu l'enquêteur prononcer *l'homme à la Cadillac*. Le policier s'y était attendu. Il reprit son récit.

« Les trois hommes partent à la recherche d'un bar où ils pourront rencontrer des femmes, et Readman veut faire connaître un vrai bar de danseuses québécois à son nouvel ami étranger. Un bar de danseuses des plus typiques. Ils aboutissent à Laval. Au Sextase. Par pur hasard.

» Plus tôt, Pedersen a raconté joyeusement aux deux autres qu'il avait prévu que son contrat de photos d'automne au Québec serait sa dernière prestation professionnelle avant d'entreprendre un vieux rêve : celui de traverser l'Amérique en autobus Greyhound, en s'arrêtant un peu partout, au gré de sa fantaisie, le long de son itinéraire à travers les États-Unis. Son périple va durer trois mois. Il a donc laissé, à la consigne de son hôtel à Montréal, une valise contenant les vêtements dont il n'aura pas besoin. Il ajoute qu'il n'emporte avec lui qu'un sac à dos renfermant le strict nécessaire pour son voyage. Et ses appareils photo.

» Pedersen vit seul à Oslo, ses proches le savent parti pour un long périple et il n'est pas attendu chez lui avant trois mois. De fait, ses parents ne s'inquiètent pas de lui avant le début de janvier. Ils contactent alors la police. Le Norvégien ne revient jamais chercher son bagage au Best Western. On a vérifié. Sa valise est maintenant entre nos mains. Encore un rêve qui ne se réalisera pas.

» Notre troisième homme, lui, a plus de chance. Il n'est pas entré chez vous le soir du 14 octobre. Il était occupé au téléphone et il vous a vu arriver. Il a déguerpi. Il rentre chez lui, en région, tard, au petit matin du 15 octobre. Ce n'est que samedi dernier, alors que je lui apprends au *meeting* de Toronto les disparitions de son ami Sam et de Pedersen, qu'il s'affole. Le lendemain, lui et moi, nous nous rendons ensemble au Sextase. Vraiment typique comme bar de danseuses. Puis, après quelques tâtonnements, je dois le dire, il retrouve finalement son parcours jusqu'à la maison de la dame dont le mari était à New York. On traverse le pont Marius-Dufresne et on se retrouve à Rosemère. Il reconnaît la rue qui longe le golf, la rue Kimpton, mais il est désemparé : il cherche une maison qu'il ne trouve pas. Pour la bonne raison qu'elle n'existe plus. Elle a brûlé de fond en comble trois semaines auparavant. Le 28 mai. C'est trop de disparitions pour un seul homme. Jusqu'ici, monsieur Morin, vous me suivez ? »

Vincent Morin ne répond pas. Il est totalement paralysé dans son fauteuil. Il ouvre la bouche, complètement sonné, mais seul un son rauque parvient à sortir faiblement de sa gorge. Les deux hommes se regardent sans mot dire.

Le premier qui parle a perdu, pense Vincent, mais il sait trop bien qui a perdu.

Quelques secondes s'écoulent avant que Pagliaro ne reprenne la parole. Mains jointes sur ses cuisses, les yeux toujours rivés au regard apeuré de Vincent, le policier esquisse un sourire ambivalent.

« Je résume », dit-il simplement, comme s'il concluait une simple démonstration inoffensive.

« Premièrement : on a la preuve que Readman et Pedersen sont dans votre maison avec votre femme le jour présumé de leur disparition, au moment où notre témoin voit y pénétrer quelqu'un qui conduit une Lexus et qui possède la clé… La Cadillac DeVille est dans votre garage à ce moment-là. Cette voiture a disparu elle aussi, comme vous le savez.

» Deuxièmement : l'hôtel Edison de New York nous confirme que vous avez quitté votre chambre le lundi 14 octobre à midi, ce qui vous laisse amplement le temps de revenir chez vous pour l'heure à laquelle Lemay vous a vu entrer, vers sept heures du soir.

» Troisièmement : quelques jours après la "disparition" de votre femme, prise d'inquiétude et de remords, votre belle-sœur Laurie avoue à la police municipale qu'elle avait rendez-vous avec France et "des hommes", pour une partouze, le jour même et au moment précis où le troisième homme certifie que tout ce beau monde se trouve à votre domicile. Par chance pour elle, elle a manqué ce rendez-vous. Là aussi, sa présence chez vous aurait pu changer le cours des choses à ce moment-là. Nous ne le saurons jamais.

» Quatrièmement : selon votre propre déposition à la police, tout le mobilier de votre chambre est disparu mystérieusement, en même temps que votre épouse, pendant cette semaine du 14 octobre, ou un peu avant.

» Cinquièmement : vous cessez de travailler immédiatement après votre retour de New York et vous faites une dépression nerveuse qui dure des mois.

» Sixièmement : votre ami Claude s'organise pour que soit repeinte votre chambre, que les ouvriers qualifient de *foutoir indescriptible*, et qu'on nettoie toute la demeure, y compris les meubles et tous vos vêtements.

» Septièmement : votre maison brûle miraculeusement, le 28 mai, et tous les vestiges sont ensevelis au dépotoir.

» Huitièmement : aucun corps n'est retrouvé sous les décombres de votre domicile. Les pompiers sont absolument formels à ce sujet. Les cadavres, si cadavres il y a, sont ailleurs. Et ça, vous le savez vous aussi.

» Neuvièmement : *coïncidence*, vous partez justement pour un long voyage. Demain.

» Voilà, ce ne sont que des faits, dit Pagliaro en fixant un Vincent Morin accablé. Mais avant de vous dire ce que je pense de tout ça, écoutez d'abord ma deuxième histoire. »

Toujours cloué sur place, Vincent Morin déglutit, impuissant sous le poids de l'évidence. *La chose qu'on n'a pas besoin de prouver*. Il ne dit rien, rivé depuis le début aux paroles du policier, mais les signes de défaite sont déjà apparents.

L'annonce d'un deuxième coup paraît le blesser à mort. Il se recroqueville d'une manière étrange sur lui-même, comme s'il avait subitement perdu vingt livres. Ses épaules s'affaissent et son regard s'agrandit démesurément. À peine respire-t-il, suffoqué par ce qu'il vient d'entendre et terrifié par ce qui va sortir de la bouche de ce policier.

L'effet pitoyable n'échappe pas à Pagliaro. Dans un cas pareil, certains policiers sont tentés de sauter sur l'occasion de cet état fragile du suspect pour utiliser un subterfuge : le faire avouer à l'aide de promesses ou de menaces. Pour sa part, Pagliaro ne s'est jamais servi d'un tel stratagème, tout simplement parce que c'est illégal. L'enquêteur reprend la parole sur un ton qu'il choisit plus assuré encore, presque enjoué, voulant accroître le contraste entre le désarroi de Morin et sa propre assurance.

« Savez-vous, monsieur Morin, ce que je fais plusieurs fois par année, pendant mes congés ?

— …

— Je vais en prison.

— … Vous allez… ?

— Je vais en prison. Je vais au pénitencier de Donnacona, près de Québec. Je rends visite à un détenu qui purge une peine d'emprisonnement à vie pour deux meurtres. Ce n'est pas par pur plaisir, croyez-moi. Il s'agit plutôt d'une sorte de bénévolat. J'y vais à la demande du médecin psychiatre du pénitencier, qui est aussi un ami personnel.

» Le prisonnier est un homme malade. Il a assassiné une femme après l'avoir violée. Mais il a aussi tué le petit garçon de la victime, âgé de six ans, qui avait assisté à toute la scène. Le monstre l'avait attaché à une chaise et il a battu, violé et dépecé sa mère devant ses yeux. Il a même posé les intestins de la mère sur les genoux de son fils. Ensuite, il a pris une bière dans le frigo et il l'a bue. Puis il en a bu une deuxième. Il a regardé un film à la télévision dans la pièce d'à côté. Et seulement après, il est revenu pour trancher la gorge du petit.

» Au moment où les policiers ont arrêté ce détraqué, il a raconté tout ça en détail. Une seule et unique fois. Depuis, il s'est enfermé dans un silence opaque et il a toujours tout nié. C'est trop. Il n'a voulu confesser finalement que le viol et le meurtre de la femme. Rien à propos de l'enfant. Mais les témoignages enregistrés de ses premiers aveux et les heures décalées des décès des deux victimes ne mentent pas. L'animal est en cage pour la vie, monsieur Morin. Il n'en sortira jamais, Dieu merci.

— Je ne vois pas ce que…

— Je sais, je sais. Mais voici ce qui est intéressant : il y a quelques années, le prisonnier a entrepris de se punir lui-même, après s'être converti à quelque religion à la mode en milieu carcéral. Il a commencé par avaler des cure-dents. Des lames de rasoir, des fourchettes et quoi encore… Il s'entaille les bras, les jambes et l'abdomen avec tout ce qu'il trouve. Il s'est mutilé le pénis. Il veut mourir.

» Mon ami médecin souhaite que j'aide le pauvre homme à confesser son crime. Celui du petit garçon. Ce n'est pas pour qu'il soit condamné à nouveau. On n'en est plus là. Il croit plutôt que ça aidera le malade à survivre. À se libérer d'un poids trop lourd. Il est convaincu que c'est le seul moyen pour qu'il arrête de s'automutiler. Il espère également que l'homme n'ait plus besoin de se faire opérer d'urgence plusieurs fois par année aux frais des contribuables. Sombre histoire. »

Pagliaro se tait. Morin demeure suspendu à ses lèvres, il n'a pas bougé d'un poil.

N'espérant rien de Vincent Morin, le policier reprend à son aise :

« Écoutez maintenant ce que je pense :

» Je pense que vous êtes rentré chez vous en avance d'un voyage d'affaires à New York, le 14 octobre dernier. Votre femme ne vous attendait visiblement pas et vous êtes tombé sur une partouze. Vous avez perdu les pédales.

» Je pense que vous avez assassiné ces trois personnes sur le coup : Samuel Readman, Jens Pedersen et France Verret. Je sais que c'est un peu fort de café pour un homme seul et non habitué à la violence, mais je connais par ailleurs la puissance exceptionnelle que peut développer un individu sous l'effet de l'adrénaline. J'ai vu de mes propres yeux un jeune policier libérer de justesse une victime d'accident de voiture : il a arraché le volant à main nue pour dégager la personne juste avant que l'auto n'explose. La folie momentanée agit de la même manière, si vous saisissez ce que je veux dire…

» Je pense que votre dépression provient beaucoup plus de votre sentiment de culpabilité que du prétendu abandon de votre épouse.

» Je pense que votre ami Claude a quelque chose à voir avec vos crimes. Complicité après le fait, ou quelque chose d'approchant.

» Je pense que vous avez incendié votre maison intentionnellement et je pense que vous vous apprêtez à partir demain pour un voyage dont vous ne reviendrez peut-être jamais, préférant vous tenir le plus loin possible de l'endroit où vous pourriez être arrêté. Par ailleurs, vous avez vendu toutes vos propriétés. Vous êtes un homme riche, et rien ni personne ne vous attache ici dorénavant. »

Pagliaro laisse passer quelques secondes avant de reprendre :

« Je pense aussi que vous êtes conscient que nous n'avons aucune preuve matérielle de vos crimes. Pas de corps, pas d'arme du crime, pas d'empreinte, pas d'ADN, pas d'objets appartenant aux victimes, pas de témoin oculaire, pas d'évidence de l'implication de votre ami. Nous n'avons même pas de preuve du caractère criminel de l'incendie de votre demeure.

» Pas encore.

» Vous n'étiez pas fait pour cette violence qui s'est imposée à vous. Mais vous avez ôté la vie, monsieur Morin. C'est un acte dont personne ne sort indemne, croyez-moi. Ni les policiers en service, ni les militaires en mission, ni même les personnes en légitime défense qui portent à jamais comme une souillure le fait d'avoir causé la mort de leur agresseur.

» Depuis octobre, vous avez la peur panique que quelqu'un découvre quelque chose. Vous en avez une démonstration aujourd'hui avec l'apparition de notre troisième homme et avec le témoignage de votre belle-sœur Laurie sur les aventures extra-conjugales de votre épouse. Il y a tant de choses que vous ignorez encore et qui risquent de vous sauter à la figure. Des choses que vous n'avez pas pu contrôler. Vous avez commencé à jongler avec trois boules, puis avec quatre, puis douze, mais il y a une fin à tout ça. Tôt ou tard, vous allez tout échapper. Car nous allons découvrir la Cadillac, monsieur Morin. Nous trouverons les corps. C'est inéluctable. Vous en êtes convaincu dans votre for intérieur, car vous savez que nous ne lâcherons pas. Comme le dit un célèbre policier de la télévision : *nous ne fermons jamais.*

» Depuis votre retour de New York, vous êtes dans un état de veille permanente, éteignant les feux à gauche et à droite. Je le dis sans vouloir faire de mauvaise blague. Vous demeurez perpétuellement aux aguets de ce qui pourrait arriver, de ce qui *va* arriver, mais vous ignorez quoi et quand. Quelqu'un qui vit comme vous dans cet état continuel d'immédiateté est un homme en cage. Dans une geôle plus terrible encore si vous êtes incapable d'imaginer rien d'autre en dehors de ces murs. C'est trop lourd. Depuis trop longtemps.

» Je suis persuadé que vous vous mettez à réfléchir à votre vie, certains jours heureux où tout vous semble favorable, et que tout à coup un vertige s'empare de votre âme sans avertissement, et vous réalisez alors que toute cette construction précaire, bâtie sur de la cendre, est sur le point de s'effondrer. Vous allez craquer, Vincent, c'est d'ailleurs déjà commencé. Et ça, vous en êtes aussi convaincu que moi. Voilà ce que je pense, monsieur Morin. »

Vincent a baissé les yeux, il réfléchit à ce qu'il vient d'entendre.

« Mais vous, reprend Pagliaro, dans ces moments de tourmente que vous vivez sans cesse, vous arrive-t-il dans votre for intérieur d'avoir une pensée pour votre femme ? pour les autres victimes ? Vous souciez-vous de ce qui est advenu de leurs familles ? »

Cette dernière phrase demeure en suspens dans le silence tendu de la pièce.

« Pour finir, écoutez bien ce que j'ai à vous dire, monsieur Morin, et prenez le temps d'y réfléchir :

j'espère ne jamais être obligé de me rendre plusieurs fois par année dans un établissement pour vous faire le genre de visite que je fais à mon prisonnier de Donnacona. »

Le silence était retombé à nouveau dans le salon. Après un long moment, Vincent se redressa lentement sur son siège. Il savait qu'il ne dirait rien pour l'instant, tout simplement incapable d'ouvrir la bouche pour parler. Mais la peur sournoise s'était réinstallée dans son ventre, pareille à cette terreur qui l'avait fait uriner dans son pantalon, le soir des meurtres. Ce délire qui l'avait fait tournoyer comme un aliéné dans sa maison pendant des semaines à la recherche de quelque chose dont il n'avait aucune notion et qu'il n'avait jamais trouvé. La même agitation qui s'était emparée de lui à la Maison de repos d'Outremont. Cette déraison qui lui venait par vagues, sans prévenir, à des moments qui le prenaient toujours par surprise. Il avait goûté à la chose. Tant de fois. Ce policier savait de quoi il parlait, il avait vu juste : Vincent s'était déjà effondré dans un passé récent et il savait ce qui l'attendait.

La folie.

Pire abîme que la prison.

La seule présence tranquille de Pagliaro dans le condo démontrait à Vincent Morin à quel point il était vulnérable. En quelques phrases du policier, une simple énumération de faits, le peu de confiance qui lui restait s'était évanoui. Le sentiment de libération que lui avait apporté l'incendie de sa maison venait de disparaître. Vincent n'était plus seul à connaître le secret. Après la police, Laurie et les proches de France seraient mis au courant de ce qui s'était passé chez lui le 14 octobre. Ses anciens collègues. Son ami Claude. Bientôt, toute la presse s'emparerait de l'affaire.

Le temps passait en silence.

Même si le soleil brillait toujours à l'ouest dans le ciel de ce début de soirée d'été, une pénombre s'était installée dans le salon du condo à cause des grands arbres qui masquaient les fenêtres du salon, et les deux hommes étaient maintenant plongés dans une demi-obscurité, comme dans un film en noir et blanc des années cinquante. À travers les fenêtres closes de la pièce, Vincent n'entendait que par à-coups le bruit sourd de la circulation sur le chemin de la Grande-Côte, pareil à celui de son propre sang bourdonnant dans ses oreilles. L'enquêteur s'était simplement détendu dans le moelleux du fauteuil et il attendait, tranquille, les mains à plat sur les accoudoirs, le regard assuré fixé sur Vincent. Il avait manifestement tout son temps.

Vincent revit en souvenir sa grand-mère, sereine elle aussi dans la pénombre, assise sur sa chaise berçante et qui l'attendait telle une montagne iné-branlable les nuits où, adolescent, il rentrait tard après ses premières beuveries. Il n'avait jamais pu échapper à ce regard…

Il chercha dans son esprit quelque chose à quoi se rattacher d'urgence, un argument, une parade, une intuition inattendue. Mais aucune bouée ne viendrait le sauver désormais. Il savait que cette terreur revenue ne le laisserait jamais souffler, où qu'il aille et quoi qu'il fasse. Il regarda ses mains : elles s'étaient remises à trembler.

Il tourna son regard vers l'enquêteur et, la voix cassée, il lui dit :

« Vous me donnez quelques minutes ? Je vais passer un coup de fil. »

Pagliaro acquiesça d'un signe de tête.

Vincent se servit du téléphone de la chambre. Il parla pendant une trentaine de minutes, puis il revint au salon, les yeux rougis. Il resta planté debout au milieu de la pièce. Francis Pagliaro n'avait pas changé de position. Il attendait, décontracté.

« Je viens de parler à mon ami qui est avocat. »

Pagliaro demeura de marbre.

Vincent Morin regardait le policier qui le fixait, immobile et muet.

Le monologue de l'enquêteur avait ravivé un passé douloureux dans l'esprit de Vincent. La concision de son exposé l'avait consterné, blessé, le prenant absolument au dépourvu. Mais, d'une certaine manière, Vincent n'en voulait nullement au policier, il aurait même pu dire qu'il lui en était presque reconnaissant.

À quelques reprises, pendant sa dépression et depuis son retour de la Maison de repos d'Outremont, il avait eu de brefs éclairs de lucidité, comme de très courts moments de courage dans lesquels il s'imaginait avouant tout à la police. Ces lueurs de bon sens étaient toujours suivies de courts instants d'apaisement. En évoquant maintenant ce soulagement, cette libération, Vincent entrevoyait un dénouement possible de ses tourments et il eut conscience d'être en train de prendre une résolution malgré lui. Plus vite il arriverait à la fin de ce cauchemar interminable, plus tôt il trouverait la paix intérieure à laquelle il aspirait et qu'il souhaitait durable. La présence du policier chez lui ne présentait plus aucune menace. Vincent Morin y voyait plutôt une invitation, une ouverture qui s'offrait enfin sur la raison.

La liberté, c'est aussi de rester quand on peut partir.

Claude…

Vincent avait honte d'avoir caché la vérité pendant si longtemps à son seul ami. Il aurait accepté que Claude soit mortifié ou qu'il le méprise au point de lui raccrocher au nez. De l'abandonner. Sa révélation était trop lourde à porter, même pour un ami si fidèle. Aussi les larmes lui montèrent-elles aux yeux quand, à la fin de sa confession, Claude lui souffla simplement : « Je n'ai rien à te pardonner, tu le sais bien, Vincent, je serai là où tu auras besoin de moi. »

Après ses aveux au téléphone, Claude avait tenté désespérément de le dissuader de confesser quoi que ce soit :

« Ne dis rien. Surtout pas sans ma présence. Laisse-moi arriver chez toi. N'oublie pas qu'ils n'ont rien contre toi. Que des preuves circonstancielles. Et encore faut-il qu'ils t'accusent formellement ! On n'en est pas là. Tu n'es pas en état d'arrestation. Fais au moins cette croisière pour réfléchir avant de prendre une décision que tu pourrais regretter ! Ne gaspille pas ta vie !

» Sais-tu que tu risques la prison à perpétuité ?

— Mais je suis *déjà* en prison, Claude. Depuis le 14 octobre 2002. »

Vincent Morin revint à lui. Il sourit timidement à Pagliaro.

Tôt ou tard, nous allons découvrir la Cadillac, avait dit le policier. *Nous trouverons les corps. C'est inéluctable.*

Vincent songea à toutes les choses que cet enquêteur ignorait. La chambre. La lampe. La clairière. L'usine. Sans doute ignorait-il aussi la honte, le mépris de soi-même, la peur. Le remords.

Avec la dernière phrase du policier à propos des victimes, quelque chose venait de changer dans Vincent Morin, comme le déclic qu'on entend quand le dernier numéro de la combinaison est enfoncé et qu'il ne reste qu'à ouvrir la porte du coffre : *Vous souciez-vous de ce qui est advenu de leurs familles ?*

Vincent ouvrit enfin la bouche et il se surprit à parler d'une voix assurée.

« Je crois que les gens des familles brisées ont droit à la paix, mais je sais qu'ils ne l'auront pas avant d'avoir enterré les restes de leurs proches. Je le sais parce que moi non plus, je n'ai pas cette paix. »

Une lueur passa dans le regard de l'enquêteur.

« Je vais vous conduire à deux endroits, monsieur Pagliaro. »

Vincent fit une longue pause avant d'ajouter :

« Ce n'est pas très loin d'ici. Ça prendra à peine une heure. »

Pagliaro se leva en silence.

« Mais avant, reprit vite Vincent pour ralentir l'élan du policier, je veux que vous sachiez que mon ami Claude n'a rien à voir dans tout ça. Il n'a jamais rien su. »

Pagliaro ne répondit pas tout de suite. Il s'accorda quelques secondes de réserve, puis il hocha la tête lentement, et son regard suggéra à Vincent qu'il considérait la chose avec bienveillance.

Pagliaro prit son téléphone cellulaire, il se dirigea vers les grandes fenêtres du salon et composa le numéro de son adjoint Martin Lortie. Il lui donna quelques consignes discrètes et revint vers Vincent Morin après avoir mis fin à la communication.

« Une équipe sera ici dans vingt minutes, dit-il.

— Dans ce cas, vous boirez bien un gin avec moi, monsieur Pagliaro ? »

Devant l'hésitation du policier, Vincent ajouta avec conviction :

« Ce sera un dernier verre pour moi : j'ai bien peur de ne plus pouvoir en prendre avant très longtemps. »

Pagliaro se rassit en signe d'accord.

« Mais, alors, un très léger », répondit-il.

Ils burent en silence, chacun dans ses pensées.

La décision que venait de prendre Vincent le projetait dans un nouveau vertige, et il appréhendait l'incarcération qui en résulterait. Le monde inconnu et hostile de l'enfermement pour la vie.

Le cellulaire de Pagliaro vibra. Le policier prit l'appel. L'équipe serait là d'un moment à l'autre.

« C'est le temps d'y aller », dit-il en se levant.

Les deux hommes quittèrent le condo après que Vincent Morin eut fermé posément derrière lui. Ils sortirent de l'édifice et Vincent se retourna vers cette habitation qui n'était pas la sienne. En verrouillant la porte du condo pour la dernière fois, il avait senti qu'il venait du même geste d'ouvrir celle de la cellule qu'il transportait avec lui, où qu'il aille, et dans laquelle il s'était enfermé depuis les événements. La pire de toutes les prisons : celle qu'on se fabrique soi-même.

Il tendit la clé au policier.

« Je n'en aurai plus besoin. »

Dehors, Vincent Morin respira le vent frais qui s'était levé en ce début de soirée d'été. Il goûta cet air qui emplissait ses poumons comme pour la première fois depuis tellement longtemps. Il expira et son souffle d'abord chevrotant devint plus vigoureux. Plus assuré. Affranchi. Pour un peu, il aurait vu en lui-même les liens qui tenaient son âme enchaînée se dénouer un à un et être emportés hors de son être avec la poussière du stationnement et les quelques feuilles de papier qui tournoyaient autour de lui.

RICHARD STE-MARIE...

... est né à Québec en 1945. Après une carrière de trente ans à l'École des arts visuels de l'Université Laval, il a pris sa retraite de l'enseignement en 2000. Ses œuvres ont été exposées dans plus de soixante-dix expositions personnelles et collectives au Canada et à l'étranger. De 2002 à 2010 il a été animateur à CKRL où il a interviewé plus de six cents créateurs. Musicien, il a été membre de la Fanfafonie, une des troupes fondatrices du Cirque du Soleil en 1984. Richard Ste-Marie a reçu en 2009 une mention spéciale du jury du Prix Alibis pour sa nouvelle « Histoire(s) », prix qu'il a remporté en 2010 avec « Monsieur Hämmerli ». Son roman *L'Inaveu*, finaliste 2012 du Prix Saint-Pacôme du roman policier, a remporté le Prix Coup de cœur, décerné par le club de lecture de la bibliothèque Mathilde-Massé de Saint-Pacôme.

Un ménage rouge
est le cent quatre-vingt-huitième titre publié
par Les Éditions Alire inc.

Il a été achevé d'imprimer
en février 2013 sur les presses de

MARQUIS

Imprimé au Canada

Imprimé sur Rolland Enviro100, contenant
100% de fibres recyclées postconsommation,
certifié Éco-Logo, Procédé sans chlore, FSC
Recyclé et fabriqué à partir d'énergie biogaz.